Diese Persönliche Chronik ist für:

Das Buch vom

2. August

Ein ganz besonderer Tag

... ein ganz besonderer Tag

Seinen Namen erhielt der August, weil sich Caesars Nachfolger Octavian, mit Beinamen Augustus, 8 v.Chr. ein Denkmal setzen wollte. In diesem Monat hatte er Triumphe gefeiert, u.a. Ägypten erobert. Der August heißt auch Ernte- oder Ährenmonat. Von alters her findet im achten Monat auf dem Land die Kirchweih oder Kirmes statt. Monatsblume des August ist die Gladiole.
Der immerwährende Kalender verzeichnet für den 2. August die Namenspatrone Adriana, Eusebius und Gunzo.
Der 2. August war schon immer ein Tag großer Ereignisse und Geburtstag bedeutender Personen:

216 v.Chr. brachte Hannibal bei Cannae den Römern die größte Niederlage ihrer Geschichte bei.
1589 erlosch mit der Ermordung des französischen Königs Heinrich III. das Haus Valois. Nachfolger wird mit Heinrich von Navarra ein Bourbone.
1990 überfiel Saddam Hussein Kuwait und löste dadurch den zweiten Golfkrieg aus.

Der Top-Designer mit Vorliebe für geschwungene organische Formen, Luigi Colani, wurde am 2. August 1928 geboren, am gleichen Tag 1942 die chilenische Bestseller-Autorin Isabel Allende.

Im Zeichen des Löwen

23. Juli bis 23. August

Der 2. August fällt in die erste Löwe-Dekade. In der Astrologie ist dem Sternzeichen Löwe wie dem Widder und dem Schützen das Element Feuer zugeordnet.

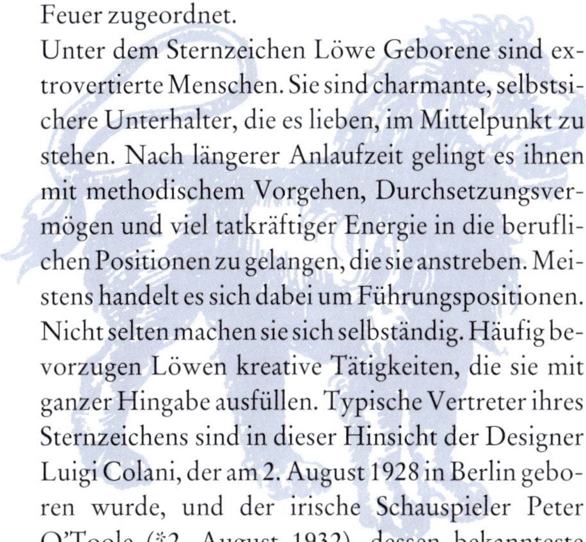

Unter dem Sternzeichen Löwe Geborene sind extrovertierte Menschen. Sie sind charmante, selbstsichere Unterhalter, die es lieben, im Mittelpunkt zu stehen. Nach längerer Anlaufzeit gelingt es ihnen mit methodischem Vorgehen, Durchsetzungsvermögen und viel tatkräftiger Energie in die beruflichen Positionen zu gelangen, die sie anstreben. Meistens handelt es sich dabei um Führungspositionen. Nicht selten machen sie sich selbständig. Häufig bevorzugen Löwen kreative Tätigkeiten, die sie mit ganzer Hingabe ausfüllen. Typische Vertreter ihres Sternzeichens sind in dieser Hinsicht der Designer Luigi Colani, der am 2. August 1928 in Berlin geboren wurde, und der irische Schauspieler Peter O'Toole (*2. August 1932), dessen bekannteste Filmrolle die exzentrische Titelfigur in David Leans »Lawrence von Arabien« ist.

Löwe-Geborene halten an gefaßten Ansichten fest, weshalb ältere Löwen konservativ wirken. Kritik können sie ebensowenig ertragen wie eine untergeordnete Position. Nicht zuletzt hat der Löwe einen ausgeprägten Sinn für alles Dramatische.

1900–1909

Highlights des Jahrzehnts

1900

- Weltausstellung in Paris
- Niederschlagung des Boxeraufstandes in China
- Uraufführung der Oper »Tosca« von Giacomo Puccini in Rom
- Probefahrt des ersten Zeppelins »LZ 1«

1901

- Die britische Königin Victoria stirbt
- Erste Nobelpreise verliehen
- Thomas Mann veröffentlicht die »Buddenbrooks«
- Mordattentat auf US-Präsident McKinley, Theodore Roosevelt wird Nachfolger

1902

- Beendigung des Burenkrieges in Südafrika
- Krönung Eduards VII. zum König von Großbritannien
- Inbetriebnahme der Transsibirischen Eisenbahn
- Kunstströmung »Jugendstil« auf dem Höhepunkt

1903

- Serbischer König Alexander I. ermordet
- Erste Tour de France
- Erster Motorflug der Brüder Wright
- Kampf der Suffragetten um das Frauenwahlrecht
- Margarethe Steiff präsentiert den »Teddy-Bären«

1904

- Hereroaufstand in Deutsch-Südwestafrika
- Beginn des Russisch-Japanischen Krieges
- Arthur Korn gelingt die erste Bildtelegraphie

1905

- Petersburger »Blutsonntag«
- Tangerbesuch Wilhelms II. führt zur Ersten Marokkokrise
- Albert Einstein entwickelt »Spezielle Relativitätstheorie«
- Künstlergemeinschaft »Die Brücke« wird gegründet

1906

- Revolutionäre Unruhen und erstes Parlament in Rußland
- Roald Amundsen duchfährt die Nordwestpassage
- Dreyfus-Affäre beigelegt
- Erdbeben verwüstet San Francisco

1907

- Pablo Picasso malt »Les Demoiselles d'Avignon« und begründet den Kubismus
- Erste Farbfotografien von Louis Jean Lumière

1908

- Ford baut Modell T (»Tin Lizzy«)
- Österreich-Ungarn annektiert Bosnien und Herzegowina
- Durchbruch der olympischen Idee bei Spielen in London
- 30 000 Jahre alte Statuette (Venus von Willendorf) gefunden

1909

- Robert E. Peary erreicht als erster Mensch den Nordpol
- Louis Blériot überfliegt den Ärmelkanal
- Unruhen in Persien: Schah Mohammed Ali dankt ab

◀ **Als »sterbender Schwan« wird Anna Pawlowa weltberühmt (1908)**

Donnerstag 2. August

Politik

Ein Attentatsversuch auf den Schah von Persien, Muzaffar Ad Din, in Paris wird im letzten Augenblick vereitelt. Der frühere Zuckerbäckergehilfe François Salson springt mit gezücktem Revolver auf das Trittbrett der Kutsche, wird aber von einem beherzt eingreifenden Großwesir mit einem Schlag auf das Handgelenk außer Gefecht gesetzt und verhaftet. Der Schah hält sich zur Weltausstellung in der französischen Hauptstadt auf.

Gesellschaft

Als schweren Mißgriff geißelt die britische Regierung den Freispruch des Attentäters Sipido, der am 4. April in Brüssel auf den Prinzen von Wales geschossen, ihn aber nicht getroffen hatte. Vor dem Unterhaus in London erklärt der britische Schatzkanzler Arthur James Balfour, Großbritannien habe die belgische Regierung auf die richterliche Verfehlung hingewiesen, bisher aber keine Reaktion darauf erhalten. Sipido war wegen Unzurechnungsfähigkeit freigesprochen worden.

Wetter

Sommerlich warm und für Ausflügler erfreulich regenarm präsentiert sich der August 1900. Es fallen nur 32 mm Niederschlag (Mittelwert: 68 mm).

Freitag 2. August

Politik

Das britische Vorgehen im Burenkrieg greift der Führer der liberalen Opposition im britischen Unterhaus, Henry Campbell-Bannerman, an. Er bezeichnet die Bildung von Lagern als »politisch verwerflich«. Als Premierminister (1905-1908) leitet Campbell-Bannerman die Bildung des britisch-burischen Gesamtstaats Südafrika ein.

Gesellschaft

Ein Großfeuer vernichtet die Holzbearbeitungsgebäude der Kaiserlichen Artilleriewerkstatt in Danzig (Gdansk). Der Schaden beträgt mehrere hunderttausend Mark.

Gesellschaft

An Bord der Yacht »Hohenzollern« befindet sich Kaiser Wilhelm II., der seine alljährliche Nordlandreise angetreten hat.

Wetter

Hochsommerlich warme und trockene Witterung kennzeichnet den August 1901. Die Durchschnittstemperatur liegt mit 18,8 °C um 1,6 °C über dem langjährigen Monatsmittel. Es fällt insgesamt nur 35 mm Niederschlag (Mittelwert: 68 mm).

Samstag 2. August

Politik

In den Niederlanden trifft der ehemalige Präsident des südafrikanischen Oranjefreistaats, Martinus Theunis Steijn, ein. Von der Hafenstadt Hoek van Holland begibt sich der erkrankte burische Politiker sofort nach Scheveningen, wo er in die Villa Norma einzieht. Steijn hatte miterleben müssen, wie der Kampf der Burenrepubliken um Unabhängigkeit von der Kolonialmacht Großbritannien scheiterte. Am 31. Mai wurden der Oranje-Freistaat und die Südafrikanische Republik (Transvaal) der britischen Krone unterstellt.

Gesellschaft

Gegen die Schließung von Klosterschulen protestiert Papst Leo XIII. in einem Schreiben an die französische Regierung. Ziel der Maßnahme des französischen Ministerpräsidenten Émile Combes ist es, den kirchlichen Einfluß, insbesondere der Klerikal-Konservativen, zurückzudrängen.

Wetter

Mit 15,9 °C eher kühl, macht der August 1902 einem Sommermonat wenig Ehre. Im langjährigen Schnitt liegt die August-Temperatur bei 17,2 °C. Die Niederschlagsmenge bewegt sich mit 78 mm leicht über dem statistischen Mittelwert von 68 mm.

Sonntag 2. August

Technik

Die 4000. Lokomotive geht bei der Hannoverschen Maschinenbau-Aktiengesellschaft in Linden vom Band. Der Feier zur Fertigstellung der Lok wohnt auch der preußische Handelsminister Theodor Adolf von Möller bei.

Gesellschaft

Voller Spannung erwarten die Katholiken in aller Welt die Verkündung des Nachfolgers für den am 20. Juli 93jährig gestorbenen Papst Leo XIII. Gegen die Ernennung von Kardinal Mariano Rampolla zum Oberhaupt der katholischen Kirche legt der Kaiser von Österreich und König von Ungarn, Franz Joseph I., am folgenden Tag sein Veto ein. Am 4. August wird Kardinal Giuseppe Sarto, der bisherige Patriarch von Venedig, zum Papst ernannt. Er trägt den Namen Pius X.

Stars der Jahre 1900–1909

Isadora Duncan
Tänzerin
Gustav Mahler
Komponist /Dirigent
Anna Pawlowa
Tänzerin
Sarah Bernhardt
Schauspielerin
Orville /Wilbur Wright
Flieger

Wetter

Ein mäßig schöner Hochsommermonat ist der August 1903. Die Durchschnittstemperatur liegt mit 17,2 °C exakt im langjährigen Mittel.

Dienstag 2. August

Politik

Eine Invasion Rußlands in Indien hält der britische Premierminister Arthur James Balfour prinzipiell für leichter möglich als früher. Als Grund dafür gibt Balfour bei den Beratungen im britischen Unterhaus über die Finanzierung des Verteidigungswesens an, daß Rußland bereits über eine Eisenbahnlinie bis an die Grenzen Afghanistans verfüge.

Gesellschaft

Auf seinem Kongreß in Dresden spricht sich der Verband der deutschen eingeschriebenen Hilfskassen gegen das Vorgehen der Ärzte aus, die seit Jahresbeginn keine Kassenpatienten mehr behandeln wollten, Honorarerhöhungen und die freie Arztwahl fordern. Die Hilfskassenvereinigung spricht sich für eine beschränkte Arztwahl aus und vertritt den Standpunkt, daß der nun ausgebrochene Streit über die Honorare der Kassenärzte auf gütlichem Wege beigelegt werden muß.

Wetter

Als rundum vorbildlicher Sommermonat zeigt sich der August 1904. Die Durchschnittstemperatur liegt mit 18,5 °C um 1,3 °C über dem langjährigen Mittel. Außerdem fällt mit 35 mm nur rund halb so viel Regen wie im statistischen Mittel.

1905

Mittwoch 2. August

Politik

Regierungswechsel: Christian Lundeberg bildet in Stockholm als Nachfolger von Ministerpräsident Erich Gustav Boström ein konservativ-liberales Kabinett. Boström war während des norwegisch-schwedischen Unionskonflikts am 13. April zurückgetreten. Der Zerfall des Staatenbündnisses unter schwedischer Führung ist nicht mehr aufzuhalten, als sich am 13. August die überwältigende Mehrheit der Norweger in einer Volksabstimmung für die Loslösung von Schweden ausspricht.

Preise in den Jahren 1900–1909

1 kg Butter	2,46
1 kg Mehl	0,35
1 kg Fleisch	1,55
1 Ei	1,05
1 l Vollmilch	1,00
10 kg Kartoffeln	0,65

in Mark, Stand 1905

Gesellschaft

Der Streik von rund 10 000 Färberei- und Appretierarbeitern in Sachsen und Thüringen für höhere Löhne, der am Vortag begonnen hat, zeitigt nicht die erhoffte Wirkung. Statt der geforderten 15 Mark wöchentlich für alle erwachsenen Arbeiter setzen die Arbeitgeber einen Lohn von 2,35 Mark täglich durch.

Wetter

Angenehm warm, mit 18,2 °C insgesamt 1 °C über dem langjährigen Mittel, ist der August 1905.

Donnerstag 2. August

Politik

Einen Rekord in Milchpanscherei stellt ein Produzent im bayerischen Städtchen Friedberg auf. Weil er die nahrhafte Gabe der Kuh mit neunfachem Wasserzusatz vermischt hat, wird er zu zehn Tagen Gefängnis und 100 Mark Geldbuße verurteilt.

Zu schweren Gefechten kommt es zwischen den Kolonialtruppen und aufständischen Einheimischen in Deutsch-Südwestafrika. Seit Ende 1903 wird der Staat von Eingeborenenaufständen erschüttert. Ursachen dafür sind u.a. der starke Zustrom weißer Farmer, die die Eingeborenen zurückdrängen, und die Verschuldung der Einheimischen bei weißen Händlern. Die neuen Unruhen nimmt die deutsche Regierung zum Anlaß, einen Nachtragshaushalt von 29 Mio. Mark zu fordern.

Sport

Einen deutschen Rekord im Diskuswurf stellt Emil Welz (Berlin) bei den Deutschen Leichtathletikmeisterschaften in Hannover auf. Seine Bestmarke beträgt 41,62 m.

Wetter

Sehr schönes Sommerwetter lädt im August 1906 zu allen Aktivitäten im Freien ein. Die mittlere Temperatur liegt mit 18,2 °C um 1 °C über dem langjährig registrierten Mittelwert.

Freitag 2. August

Gesellschaft

Die Veröffentlichung von Ergebnissen einer Umfrage durch den Zentrumspolitiker Johann Giesberts, die unter 5000 Heimarbeiterinnen im Raum München-Gladbach (Mönchengladbach) durchgeführt worden war, fördert kärgliche Verdienstmöglichkeiten zutage. Danach bringt es eine 27jährige unverheiratete Frau, die seit fünf Jahren Buckskinhosen näht und täglich zwölf bis 13 Stunden arbeitet, bei Mithilfe der Mutter auf 11 bis 12 Mark wöchentlich; eine Arbeiterin ohne Unterstützung verdient sechs Mark. Von diesem Lohn geht der Aufwand für Licht und Brand, Zutaten, Maschinenverschleiß usw. ab.

Politik

Osmanische Truppen überschreiten die persische Grenze bei Urmia, schlagen persische Einheiten in die Flucht und begehen Plünderungen.

Rekorde 1900–1909

400 m: Maxey Long (USA) – 47,8 sec (1900)
Weitsprung: Peter O' Connor (IRL) – 7,61 m (1901)
Stabhochsprung: Walter Dray (USA) – 3,90 m (1908)
Kugelstoßen: R. Rose (USA) – 15,56 m (1909)

Wetter

Für die Jahreszeit eher zu kühl präsentiert sich der August 1907. Die mittlere Temperatur liegt mit 16,7 °C ein halbes Grad unter dem Schnitt.

Sonntag 2. August

Gesellschaft

Der Kampf gegen Nonnenspinner wird in ganz Böhmen mit Nachdruck fortgeführt. Das gefräßige Insekt war massenhaft aufgetreten. Zum Schutz der Wälder laufen Gegenmaßnahmen.

Politik

»Linie ohne Bauch«: Das Korsett, ein modisches Muß für die elegante Frau

Einen dreitägigen Staatsbesuch in Norwegen beendet der französische Staatspräsident Armand Fallières. Nach dieser letzten Station seiner erfolgreichen Nordlandreise kehrt er nach Paris zurück.

Technik

Die Bauarbeiten am ersten Abschnitt der neuen U-Bahn in Philadelphia werden abgeschlossen. Am kommenden Tag wird die Metro der drittgrößten US-amerikanischen Stadt eröffnet.

Wetter

Zu kühl für den Hochsommer ist der August 1908. Die mittlere Lufttemperatur liegt 0,6 °C unter dem langjährigen Mittel von 17,2 °C. Einziger Trost: Es fällt nur 49 mm Niederschlag (Mittelwert: 68 mm).

Montag 2. August

Technik

Einen Höhenweltrekord für Ballons stellen belgische Meteorologen auf. Die Wetterexperten lassen einen unbemannten Forschungsballon bis in 30 000 m Höhe aufsteigen.

Sport

»Liselotte«, ein deutsches Rennboot, gewinnt zum Auftakt der »Internationalen Motorbootwoche« auf dem Bodensee vor Konstanz den Preis des Großherzogs von Baden.

Gute Figur in Sakkoanzug und Wettermantel: Die Mode für den Herrn

Gesellschaft

Notdürftig untergebracht werden tausende Bewohner der japanischen Stadt Osaka. Über 12 000 Häuser waren am Vortag einem verheerenden Brand zum Opfer gefallen. Die Aufräumarbeiten dauern noch Tage an.

Wetter

Ein schöner Sommermonat August lädt im Jahr 1909 mit überdurchschnittlich warmen Temperaturen zum Aufenthalt im Freien ein. Mit 73 mm Niederschlag regnet es nur wenig mehr als gewöhnlich.

Highlights des Jahrzehnts

1910

- Georg V. wird nach dem Tod Eduards VII. britischer König
- Der Halleysche Komet passiert die Erde
- Bürgerliche Revolution beendet Monarchie in Portugal
- Wassily Kandinsky begründet die abstrakte Malerei
- Sieg des Schwarzen Jack Johnson bei Box-WM

1911

- Bürgerkrieg in Mexiko
- »Panthersprung nach Agadir« löst Zweite Marokkokrise aus
- Militärputsch leitet chinesische Revolution ein
- Roald Amundsen gewinnt den Wettlauf zum Südpol

1912

- Erster Balkankrieg
- Woodrow Wilson wird 28. US-Präsident
- Untergang der »Titanic«
- Büste der ägyptischen Königin Nofretete gefunden

1913

- Zweiter Balkankrieg
- Niels Bohr entwirft neues Atommodell
- Größter Bahnhof der Welt (Grand Central Station) in New York eingeweiht

1914

- Österreichs Thronfolger in Sarajevo ermordet
- Ausbruch des Ersten Weltkrieges
- Eröffnung des Panamakanals

1915

- Stellungskrieg im Westen
- Beginn der Ostoffensive
- Charlie Chaplin wird mit »Der Tramp« Star des US-Kinos
- Versenkung der »Lusitania« durch ein deutsches U-Boot

1916

- Schlacht um Verdun
- Osteraufstand in Irland niedergeschlagen
- Seeschlacht vor dem Skagerrak
- Der österreichische Kaiser Franz Joseph I. stirbt
- Rasputin ermordet

1917

- Beginn des uneingeschränkten U-Boot-Krieges
- Zar Nikolaus II. dankt ab
- Oktoberrevolution in Rußland

1918

- US-Präsident Wilson verkündet 14-Punkte-Programm zur Beendigung des Krieges
- Russische Zarenfamilie ermordet
- Waffenstillstand von Compiègne beendet Ersten Weltkrieg
- Novemberrevolution: Kaiser Wilhelm II. dankt ab, Philipp Scheidemann ruft die deutsche Republik aus

1919

- Spartakusaufstand niedergeschlagen
- Rosa Luxemburg und Karl Liebknecht ermordet
- Friedrich Ebert erster Reichspräsident
- Versailler Vertrag

◀ **Im Kampf gegen widrige Verhältnisse: Charlie Chaplin als »Tramp« (1915)**

Dienstag 2. August

Politik

Sechs Linienschiffe der Reservedivision werden im Kriegshafen von Wilhemshaven zum dritten deutschen Marinegeschwader zusammengefaßt. Die Maßnahme setzt das Wettrüsten zwischen dem Deutschen Reich und Großbritannien fort.

Gesellschaft

Der Zusammenstoß eines Vorort- und eines Fernzugs auf der Berliner Stadtbahn zwischen den Stationen Börse und Friedrichstraße endet glimpflich. Acht russische Auswanderer werden verletzt.

Gesellschaft

Die Ausrüstung der Fiaker in Österreichs Hauptstadt Wien mit Taxametern wird nur widerwillig akzeptiert. Die Droschkenführer fühlen sich durch die Anordnung zu »Taxen degradiert«, weil der Kutscher den Passagier in Zukunft auch nicht mehr auswählen oder ablehnen kann.

Wetter

Hoffnungslos verregnet ist der August 1910. Mit 167 mm Niederschlag wird der Durchschnittswert von 68 mm klar überboten. Die mittlere Lufttemperatur liegt bei 17,4 °C (Durchschnittswert: 17,2 °C).

Mittwoch 2. August

Gesellschaft

Eine Massendemonstration für das Streikrecht findet vor dem Gebäude der portugiesischen Nationalversammlung in Lissabon statt. Am 31. Juli hatten die Abgeordneten mit der knappen Mehrheit von 78 zu 76 Stimmen den Verfassungsparagraphen abgelehnt, durch den das Recht auf Streik und Aussperrung grundgesetzlich geregelt werden sollte.

Kultur

Die Jahrhundertfeier der Breslauer Universität wird zu einem großangelegten Spektakel. Die königliche Alma Mater erhält im Beisein des deutschen Kronprinzen Wilhelm den Namen Friedrich-Wilhelm-Universität. Sie war am 19. Oktober 1811 unter der Herrschaft des preußischen Königs Friedrich Wilhelm III. eröffnet worden.

Preise in den Jahren 1910–1919

1 kg Butter	2,74
1 kg Mehl	1,90
1 kg Fleisch	3,00
1 Ei	0,13
1 l Vollmilch	0,25
10 kg Kartoffeln	3,30
Stundenlohn	0,66

in Mark, Stand 1913

Wetter

Eine wochenlange Hitzewelle schlägt in Deutschland alle Rekorde. Die mittlere Temperatur liegt mit 21,1 °C fast 4 °C über dem langjährig ermittelten Durchschnittswert. Um sich Kühlung zu verschaffen, springen die Menschen in die Brunnen.

Freitag 2. August

Kultur

Der Öffentlichkeit präsentiert wird das Modell für ein Denkmal des deutschen Schriftstellers Heinrich Heine, das der Berliner Bildhauer Hugo Lederer fertiggestellt hat. Die Aufstellung des Denkmals ist in der Stadt Hamburg geplant.

Technik

Die neue Tunnelstation Jungfraujoch der schweizerischen Jungfraubahn wird in den Gazetten eingehend gewürdigt. Von der Haltestelle im Tunnel führt ein Nebenstollen unter den Gletscher hindurch zum Aussichtsplateau auf dem Jungfraujoch. Der Tunneldurchstich erfolgte am 21. Februar, danach wurde mit dem Ausbau der zunächst letzten Etappe der vor 16 Jahren begonnenen Eisenbahnstrecke begonnen.

Stars der Jahre 1910–1919

David Wark Griffith
Filmregisseur
Mary Pickford
Filmschauspielerin
Enrico Caruso
Sänger
Douglas Fairbanks
Filmschauspieler
Charlie Chaplin
Filmschauspieler

Wetter

Seine kühle Schulter zeigt der August 1912 allen Ausflüglern und Touristen. Die mittlere Temperatur liegt mit 15,8 °C um 1,4 °C unter dem langjährigen Durchschnitt. Leider regnet es auch mehr als üblich. 76 mm Niederschlag werden gemessen.

Samstag 2. August

Politik

Machtstreben gebremst: Der US-amerikanische Senat lehnt das am 20. Juli von US-Außenminister William Jennings Bryan vorgeschlagene Protektorat für Nicaragua ab. Stattdessen schlägt der Senat einen Vertrag mit dem mittelamerikanischen Staat über die Rechte zu einem Kanalbau und die Konzession für eine US-amerikanische Marinebasis vor. Der Bryan-Plan sah die Kontrolle der USA über Nicaraguas Staatsfinanzen und die Außenpolitik, ein Monopol für den Bau eines Transozeankanals sowie die Errichtung einer Flottenbasis vor.

Gesellschaft

Durchhaltewillen zeigen mehr als 35 000 Werftarbeiter u.a. in Hamburg, Bremen und Stettin. Seit dem 14. Juli befinden sich die Schiffsbauer im Ausstand, um eine Erhöhung der Einstellungs- und Akkordlöhne zu bewirken. Der Streik wird allerdings am 9. September erfolglos aufgegeben.

Wetter

Als schöner Sommermonat präsentiert sich der August 1913. Die mittlere Lufttemperatur liegt bei 17,0 °C und damit nur 0,2 °C unter dem langjährigen Schnitt. Die Niederschlagsmenge beträgt 58 mm gegenüber einem Mittelwert von 68 mm.

Sonntag 2. August

Politik

Deutsche Truppen besetzen das seit 1867 neutrale Großherzogtum Luxemburg. Damit wird die auf dem sog. Schlieffenplan basierende Westoffensive vorbereitet. Das Deutsche Reich hatte am 1. August nach Verschärfung der »Juli-Krise« und der Kriegserklärung Österreich-Ungarns an Serbien Rußland den Krieg erklärt. Am 3. August erfolgt die deutsche Kriegserklärung an Frankreich. Das neutrale Belgien sieht sich am 4. August der deutschen Invasion ausgesetzt.

Rekorde 1910–1919

Schwimmen: H. Hebner (USA) – 1:20,8 min/100 m Rücken (1912)
100 m: Nina Popowa (RUS) – 13,1 sec (1913)
Hochsprung: C. Larson (USA) – 2,03 m (1917)
Speerwerfen: Jonni Myyrä (FIN) – 66,10 m (1919)

Gesellschaft

Bei einer Massendemonstration auf dem Londoner Trafalgar Square rufen die britischen Sozialisten zum Generalstreik gegen den Krieg auf. Gleichzeitig wird ein Manifest zum Kampf gegen Militaristen und Rüstungsgewinnler veröffentlicht.

Wetter

Ein herrlich warmer und trockener Monat ist der August 1914. Die durchschnittliche Temperatur liegt bei 19,2 °C. Sie ist damit um genau 2 °C höher als gewöhnlich. Es regnet nur spärlich.

Montag 2. August

Politik

Die »Erfolgsbilanz«, die aus Anlaß des ersten Jahrestags der deutschen Kriegserklärung an Rußland veröffentlicht wurde, ist weiterhin Tagesthema im Deutschen Reich. Gemeldet wurde die Besetzung von 180 000 km² feindlichen Gebiets sowie die Gefangennahme von 1,695 Mio. Soldaten.

Gesellschaft

Die ersten Sonderzüge verkehren zwischen der Westfront und Frankfurt am Main, um Frontsoldaten in den Heimaturlaub zu bringen.

Technik

Alle Angestellten der österreichischen Eisenbahnen müssen nach einem Erlaß des österreichischen Eisenbahnministeriums die deutsche Sprache in Wort und Schrift beherrschen. Deutsch ist zukünftig als alleinige Dienstsprache zugelassen.

Wetter

Regenkleidung sollte im August 1915 nicht vergessen werden. Über 110 mm Niederschlag freuen sich nur die Landwirte (Durchschnitt: 68 mm). Die mittlere Lufttemperatur liegt mit 16,8 °C leicht unter dem langjährigen Mittelwert von 17,2 °C.

Mittwoch 2. August

Gesellschaft

Auch Seife ist zur Mangelware geworden. Über die verfügbare Menge des Hygieneartikels, der seit Monatsbeginn nur noch über eine Reichsseifenkarte bezogen werden kann, informieren Zeitungsartikel und Einzelhandel. Pro Monat stehen den Deutschen jeweils 50 g Feinseife und 250 g Waschpulver zu.

Die Herrenkleidung wird sportlicher. Dazu gehört der weiche Hut

Politik

Die Befehlsverhältnisse an der Ostfront werden neu geregelt: Generalfeldmarschall Paul von Hindenburg übernimmt die Ostfront von der Ostsee bis Brody. Die südliche Ostfront untersteht künftig dem österreichischen Thronfolger Karl.

Politik

Deutsche Marineluftschiffe fliegen Angriffe auf London und Harwich.

Wetter

Trocken und durchschnittlich warm ist der August 1916. Die mittlere Temperatur liegt bei 17,2 °C, die Niederschlagsmenge beträgt nur 41 mm.

Donnerstag 2. August

Politik

Trotz eines Verbots verlassen etwa 400 Matrosen des Panzerschiffs »Prinzregent Luitpold« in Kiel ihr Schiff und halten in der Stadt eine politische Versammlung ab, auf der sie für den sofortigen Frieden eintreten. Hauptsprecher sind der pazifistische Matrose Albin Köbis und Max Reichpietsch. Die beiden Heizer werden wegen ihrer Friedensforderungen zum Tode verurteilt.

Politik

Österreichisch-ungarische Truppen erobern das von der russischen Armee besetzte Czernowitz in der Bukowina zurück. Czernowitz war bei der Brussilow-Offensive am 18. Juni 1918 von russischen Verbänden eingenommen worden. Die Bukowina, das österreichische Grenzgebiet zu Rumänien, mußte vollständig preisgegeben werden.

Das praktische Sportkleid für die Jagd und für Bergtouren

Wetter

Besuche im Freibad sind im August 1917 das richtige Mittel, um sich angesichts des schönen Hochsommerwetters Abkühlung zu verschaffen. Die mittlere Temperatur beträgt 18,7 °C.

Freitag 2. August

Gesellschaft

Der Hochschulzugang in der UdSSR wird nach einem Dekret der Sowjetregierung auch ohne das bisher nötige Zulassungszeugnis erlaubt. Damit soll den unteren Schichten des Volkes mit niedrigem Bildungsniveau die Chance zu beruflicher Qualifizierung gegeben werden.

Technik

Die metallverarbeitende Branche diskutiert eine Statistik über die derzeitige Einkommenssituation, die der deutsche Metallarbeiterverband veröffentlicht. Danach verdienen die etwa 300 000 weiblichen Metallarbeiter zwischen 20 Pfennig und 1,25 Mark, nur das halbe Geld ihrer rund 500 000 männlichen Kollegen. Die Männer erhalten zwischen 40 Pfennig und 3 Mark in der Stunde.

Wetter

Kühles und regnerisches Wetter lädt im August 1918 nicht unbedingt zu Spaziergängen ein. 85 mm Niederschlag fällt in diesem Sommermonat. Regenkleidung sollte bei Wanderungen und Ausflügen unbedingt zur Ausrüstung gehören. Die durchschnittliche monatliche Temperatur liegt in diesen 31 August-Tagen mit 16,2 °C genau 1 °C unter dem langjährigen statistischen Mittelwert.

Samstag 2. August

Politik

Einen Appell an König Georg V. von Großbritannien richtet Prinz Heinrich von Preußen. In dem offenen Brief, der in den »Hamburger Nachrichten« abgedruckt wird, protestiert er gegen die geforderte Auslieferung des ehemaligen deutschen Kaisers Wilhelm II. aus den Niederlanden nach Großbritannien. Wilhelm II. überschritt am 10. November 1918 von Spa aus die niederländische Grenze und dankte am 28. November ab. Die Alliierten verlangen seine Auslieferung, um ihn als Kriegsverbrecher vor Gericht stellen zu können.

Politik

Der seit 1852 bestehende Zollverein mit Österreich-Ungarn wird auf Beschluß des Landtags im Fürstentum Liechtenstein aufgekündigt.

Gesellschaft

In Preußen wird das Staatskommissariat für öffentliche Ordnung eingerichtet.

Wetter

Nur 32 mm Regen fällt im August 1919. Die an den Wetterstationen aufgefangene Regenmenge ist damit knapp halb so groß wie gewöhnlich.

1920 - 1929

Highlights des Jahrzehnts

1920

- Prohibition: Alkoholverbot in den USA
- NSDAP verabschiedet ihr Programm
- Kapp-Putsch scheitert
- Erstmals Salzburger Festspiele

1921

- Alliierte besetzen das Rheinland
- Hitler wird NSDAP-Vorsitzender
- Hormon Insulin entdeckt
- Rudolph Valentino wird Frauenidol
- Vertrag von Sèvres bedeutet Ende des Osmanischen Reichs

1922

- Hungersnot in Rußland
- »Deutschlandlied« wird zur Nationalhymne erklärt
- Mussolinis Marsch auf Rom
- Gründung der UdSSR
- Grab des Tutanchamun entdeckt
- Deutsch-russische Annäherung durch Vertrag von Rapallo
- Gründung der BBC
- Johnny Weissmuller stellt über 100 m Kraul den ersten seiner 67 Weltrekorde auf (58,6 sec)

1923

- Franzosen besetzen Ruhrgebiet
- Hitlers Putschversuch scheitert
- Währungsreform beendet Inflation im Deutschen Reich
- Die Türkei wird Republik

1924

- Erstmals Olympische Winterspiele
- Revolutionsführer Lenin stirbt
- Dawes-Plan lockert finanzielle Zwänge für Deutschland
- VIII.Olympische Spiele: Läufer Paavo Nurmi gewinnt 5 Goldmedaillen

1925

- Einparteiendiktatur in Italien
- Neugründung der NSDAP
- Hindenburg wird nach dem Tod Eberts Reichspräsident
- Europäische Entspannung durch Locarno-Pakt
- Joséphine Baker wird im Bananenröckchen zum Weltstar

1926

- Japans Kaiser Hirohito besteigt den Thron
- Militärputsch Pilsudskis in Polen
- Walt Disneys Mickey Mouse erblickt das Licht der Welt
- Deutschland im Völkerbund

1927

- Stalin entmachtet politische Gegner
- Charles Lindbergh überfliegt den Atlantik
- Uraufführung des Films »Metropolis« von Fritz Lang

1928

- Briand-Kellogg-Pakt zur Kriegsächtung unterzeichnet
- Alexander Fleming entdeckt das Penicillin
- »Dreigroschenoper« von Brecht und Weill uraufgeführt
- Erste Transatlantik-Fluglinie

1929

- Youngplan regelt Reparationen
- »Schwarzer Freitag« in New York löst Weltwirtschaftskrise aus
- Erste Oscar-Verleihung in Hollywood
- Antikriegs-Roman »Im Westen nichts Neues« von Erich Maria Remarque

◀ **Der Charleston erobert in den 20er Jahren weltweit die Tanzsäle**

Montag 2. August

Politik

Entspannung: Die italienische Regierung erkennt in einem in Tirana geschlossenen Abkommen die nationale Integrität und Unabhängigkeit Albaniens an. Im Weltkrieg hatten italienische Truppen Albanien besetzt. Die letzten italienischen Truppen sollen bis zum 3. September abgezogen werden. Am 17. Dezember 1920 erfolgt Albaniens Aufnahme in den Völkerbund. Noch am 29. Juli 1919 hatten Italien und Griechenland in einem Geheimabkommen das Land unter sich aufteilen wollen.

Technik

Der internationale Bergarbeiterkongreß im schweizerischen Genf spricht sich für die Verstaatlichung des Bergbaus in allen Ländern aus. Der Kongreß dauert bis zum 6. August. Bereits am 25. Juli hatte eine Vertrauensmännerkonferenz des sog. Alten Verbandes in Bochum von der Reichsregierung die unverzügliche Sozialisierung der deutschen Bergbauunternehmen gefordert.

Wetter

Mit 16,2 °C ist die Durchschnittstemperatur im August 1920 um 1 °C niedriger als der Mittelwert. 72 mm Regen (Durchschnitt: 68 mm) machen es ratsam, bei Ausflügen den Schirm zur Hand zu haben.

Dienstag 2. August

Sport

Sport soll Schulfach werden. Dies sieht eine Gesetzentwurf über die körperliche Ausbildungspflicht der Jugend vor, den der Reichsausschuß für Leibesübungen in Berlin erarbeitet hat.

Gesellschaft

15 000 Farbige demonstrieren in New York für bessere Lebensbedingungen der Schwarzen. Marcus Garvey, der sich selbst provisorischer Präsident Afrikas nennt, erklärt, daß nach dem Willen von 400 Mio. Schwarzen »Afrika den Afrikanern« gehöre.

Kultur

Mit der Uraufführung eines bisher unbekannten Stücks von Wolfgang Amadeus Mozart werden die Salzburger Festspiele eröffnet. Gespielt wird das Adagio für zwei Violinen und Violoncello.

Wetter

Europa stöhnt im August 1921 unter einer Hitzewelle. Das schöne Wetter schraubt die mittlere Lufttemperatur auf 18,4 °C.

Stars der 20er Jahre

Buster Keaton
Filmschauspieler
Johnny Weissmuller
Schwimmer
Rudolph Valentino
Filmschauspieler
Joséphine Baker
Tänzerin
Charles Lindbergh
Flieger

1922

Mittwoch 2. August

Gesellschaft

Für drei Wochen verboten wird das Erscheinen des »Berliner Lokalanzeigers« durch das Innenministerium. Die drastische Zensur wird entsprechend dem Paragraphen 21 des Republikschutzgesetzes verhängt. Anlaß ist ein Artikel des Anzeigers, worin mehrere Regierungsmitglieder beschimpft werden.

Aus Protest gegen die Erhöhung der Lustbarkeitssteuer schließen die Besitzer von Lichtspielhäusern in Köln ihre Kinos für eine Woche.

Gesellschaft

Panikstimmung herrscht an den deutschen Börsen, da der Dollarkurs inzwischen auf eine Höhe von 860 Mark gestiegen ist. Dies ist jedoch erst der Anfang der verstärkten Inflation, die im Jahr 1923 ihren Höhepunkt erreicht. Der rapide Wertverfall der Mark setzte bereits im Juli 1922 ein und gefährdet nach Angaben der Reichsregierung die Einhaltung der Reparationszahlungen an die Alliierten.

Wetter

Als regenarmer aber auch kühler Monat präsentiert sich der August 1922. Die mittlere Lufttemperatur liegt mit 15,8 °C in diesem Hochsommermonat fast 1,5 °C unter dem langjährigen Mittelwert.

Donnerstag 2. August

Gesellschaft

Zum Scheitern verurteilt ist der Streik der Lokomotivführer und Heizer in Ungarn. Auf die erheblichen Störungen im Bereich der Wirtschaft reagiert die Regierung mit der Ausrufung des Belagerungszustands. Die Streikbewegung wird durch den Einsatz technischer Nothilfe unterdrückt.

Technik

Die Sowjetregierung bestätigt den Konzessionsvertrag über die Bildung der gemischten Schifffahrtsgesellschaft Ocean-Reisebüro, die den sowjetischen Ein- und Auswanderungsverkehr durchführen wird. Beteiligt sind die Hamburg-Amerika-Linie, der Norddeutsche Lloyd und die White Star Line einerseits sowie die sowjetische Staatliche Handelsflotte andererseits.

Wetter

Niedrige Temperaturen bestimmen das Wetter im August 1923. Die mittlere Lufttemperatur beträgt lediglich 15,7 °C, das sind 1,5 °C weniger als der langjährige Mittelwert registriert. Zum Glück ist der diesjährige August ein trockener Sommermonat, so daß Spaziergänge und Ausflüge nicht gefährdet sind. Es fällt nur 35 mm Niederschlag. Die Regenkleidung kann im Schrank bleiben.

Samstag 2. August

Technik

Erstmals wird ein Konzert der Berliner Philharmonie mit einem technisch guten Ergebnis im Rundfunk übertragen.

Politik

Die Reparationskommission kommt zu ihrem ersten Treffen in London zusammen. Beraten werden die Dawes-Gesetze. Dabei handelt es sich um Durchführungsgesetze zum Dawesplan, die der Reichstag verabschieden soll. Vorgesehen sind eine internationale Kontrolle über Reichsbank und Reichsbahn sowie Zahlungen der deutschen Industrie. Der Reichstag in Berlin nimmt die umstrittenen Dawes-Gesetze am 29. August an.

Gesellschaft

Die Arbeitsgemeinschaft evangelischer Sozialisten wird in Meersburg am Bodensee gegründet.

Wetter

Eine Strickjacke sollte bei Spaziergängen im August 1924 nicht vergessen werden. Die Temperaturen sind für einen Hochsommermonat relativ niedrig. Im Monatsmittel erreichen sie nur 16,0 °C, mehr als 1 °C weniger als im statistischen Durchschnitt.

Sonntag 2. August

Sport

Die erste Nachkriegsmeisterschaft des Deutschen Reichs im Tennis geht in Braunschweig mit dem Sieg von Hans Moldenhauer (Berlin) in der Herreneinzel-Konkurrenz zu Ende.

Sport

Das längste deutsche Radrennen, Zürich-Berlin, gewinnt bei den Profis der italienische Berufsfahrer Gay. Den Sieg bei den Amateuren holt sich der Kölner Rosen. Das Rennen führte über drei Etappen.

Politik

Die Faschisten gehen aus den Kommunalwahlen in der sizilianischen Stadt Palermo als eindeutige Sieger hervor. Die Wahlbeteiligung liegt bei mageren 50%.

Preise in den 20er Jahren

1 kg Butter	3,60
1 kg Mehl	0,50
1 kg Fleisch	2,50
1 Ei	0,20
10 kg Kartoffeln	0,80
Stundenlohn	0,93

in RM, Stand 1926
(ohne Inflationsjahre)

Wetter

Als schöner Sommermonat entpuppt sich der August 1925. Die mittlere Lufttemperatur beträgt 17,6 °C, etwas mehr als der langjährige Mittelwert für diesen Monat angibt. Es regnet 82 mm.

Montag 2. August

Gesellschaft

Der Verbrauch von Lebensmitteln in Italien wird durch eine Verfügung des Ministerrats eingeschränkt. Ein Einheitsbrot wird eingeführt, das zu 80 bis 85% aus reinem Weizenmehl besteht. Der Verkauf von Süßigkeiten, die aus Weizenmehl hergestellt sind, wird verboten.

Politik

Die Stellung des polnischen Staatsoberhaupts gegenüber der Volksvertretung wird durch eine Verfassungsänderung erheblich gestärkt. Die zweite Kammer des Parlaments, der Sejm, beschließt ein entsprechendes Gesetz, das die Auflösung der Kammer in die Hände des Staatspräsidenten legt.

Gesellschaft

Einen Angriff auf Kleinkaliberwaffen startet das Deutsche Friedenskartell. Die Reichsregierung wird aufgefordert, das Kleinkaliberschießen zu verbieten, die Kleinkaliber-Schützenvereine aufzulösen und Kleinkaliber-Gewehre einzuziehen.

Wetter

Der Regenschirm kann im August 1926 in der Ecke stehen bleiben. Es fällt nur 38 mm Regen.

Dienstag 2. August

Gesellschaft

Eine Welt-Wetterversicherung für Landwirte, Schiffahrtsunternehmen und für Privatpersonen schlägt der Observator an der Zentralanstalt für Meteorologie in Wien, Otto Myrbach, in einer Presseveröffentlichung vor. Die zu schaffende Assekuranz sollte unter der Verwaltung des Völkerbundes in Genf stehen.

Politik

Den Verzicht auf eine erneute Kandidatur bei den Präsidentschaftswahlen 1928 gibt der amtierende US-Präsident Calvin Coolidge bekannt.

Gesellschaft

Das Schulsystem Österreichs wird dem des Deutschen Reichs angepaßt. Ein gleichlautendes Schulreformgesetz verabschiedet der österreichische Nationalrat.

Rekorde in den 20er Jahren

Schwimmen: J. Weissmuller (USA) – 58,6 sec/ 100 m Freistil (1922)
10 000 m: P. Nurmi (FIN) – 30:06,1 min (1924)
1500 m: O. Peltzer (GER) – 3:51,0 min (1926)
Kugelstoßen: Emil Hirschfeld (GER) – 16,04 m (1928)

Wetter

Warmes und regnerisches Wetter bringt der August 1927. Die mittlere Temperatur beträgt 17,4 °C. Zur Freude der Landwirte fällt 136 mm Regen.

Donnerstag 2. August

Sport

Tiefe Taille und schmale Silhouette: Mode im Zeichen von Art déco

Das Internationale Olympische Komitee (IOC) tagt aus Anlaß seiner 26. Session in Amsterdam. Seit dem 25. Juli wird u.a. das Programm für die Spiele von 1932 beratschlagt. Am 3. August geht das IOC mit dem Beschluß auseinander, Fußball und Tennis aus dem Sportprogramm zu streichen. Dies ist eine Reaktion auf die zunehmende Professionalisierung der beiden Sportarten.

Politik

Für die Verständigung von Deutschen und Franzosen sprechen sich Frankreichs Kultusminister Édouard Herriot und der Kölner Oberbürgermeister Konrad Adenauer in Köln aus. Herriot weilt zu einem Besuch in der Rheinmetropole.

Wetter

Bei angenehmen Temperaturen und wenig Niederschlag werden Ausflüge im August 1928 zur wahren Freude. Erträgliche 16,1 °C im Durchschnitt - etwa 1 °C unter dem langjährigen Mittel - und insgesamt 46 mm Regen sorgen für ein schönes, wenn auch nicht heißes Sommerwetter.

Freitag 2. August

Politik

Eine offizielle Einladung zur Haager Reparationskonferenz erhält die Regierung der Tschechoslowakei. Diese erste Haager Konferenz endet am 31. August mit der Einigung über die vorzeitige Räumung des Rheinlands durch die Alliierten. Voraussetzung dafür ist die Vereinbarung über die Verteilung der deutschen Zahlungen unter den Gläubigermächten, die zugleich auf der Reparationskonferenz getroffen wird.

Technik

Größere Aktienanteile der Allgemeinen Elektricitäts-Gesellschaft (AEG) erwirbt der US-Konzern General Electric. Die US-Amerikaner sichern sich für 30 Mio. Reichsmark Stammaktien zum Kurs von 200%. Die Gründung eines nationalen deutschen Elektrokonzerns, die zuletzt 1925 von der AEG angeregt worden war, stieß beim Siemens-Konzern auf keine Gegenliebe.

Vornehm und doch lässig: Burberry aus imprägniertem Baumwollstoff

Wetter

Herrliches Sommerwetter treibt Urlauber im August 1929 in Freibäder und an schattige Plätze.

1930–1939

Highlights des Jahrzehnts

1930

- Mahatma Gandhi startet Salzmarsch
- Marlene Dietrich avanciert im Film »Der Blaue Engel« zum Weltstar
- Uruguay wird erster Fußballweltmeister
- Max Schmeling durch Disqualifikationssieg Boxweltmeister im Schwergewicht

1931

- Spanien wird Republik
- Vorführung des Ganzmetallflugzeugs »Ju 52« (»Tante Ju«)
- Empire State Building höchstes Gebäude der Welt
- Mafia-Boß Al Capone hinter Gittern

1932

- Staatsstreich in Preußen
- Wahlsieg der NSDAP
- Chaco-Krieg um Erdöl zwischen Bolivien und Paraguay
- Proklamation des Staates Saudi-Arabien

1933

- Adolf Hitler zum Reichskanzler ernannt
- Reichstagsbrand in Berlin
- Ermächtigungsgesetz in Kraft
- Deutsche Studenten verbrennen »undeutsche« Literatur

1934

- Nationalsozialistischer Volksgerichtshof gegründet
- »Röhm-Putsch« niedergeschlagen
- Mord an Bundeskanzler Dollfuß – Ende der 1. Republik Österreich
- Maos Kommunisten in China auf dem »Langen Marsch«

1935

- Judenverfolgung mit sog. Nürnberger Gesetzen
- Italien marschiert in Äthiopien ein
- Porsche baut Prototyp für VW »Käfer«
- Deutsch-britisches Flottenabkommen

1936

- Beginn des Spanischen Bürgerkriegs
- Volksfrontregierung in Frankreich
- Ausstellung »Entartete Kunst«
- XI. Olympische Spiele in Berlin zur NS-Propaganda genutzt
- Margaret Mitchell veröffentlicht »Vom Winde verweht«
- Schauprozesse in der UdSSR

1937

- Krieg zwischen Japan und China
- Georg VI. in London gekrönt
- Zeppelin LZ »Hindenburg« explodiert in Lakehurst
- Niederländische Kronprinzessin Juliana heiratet Prinz Bernhard

1938

- »Anschluß« Österreichs ans Deutsche Reich
- Münchner Abkommen soll Hitler bezähmen
- Terror gegen Juden in der »Reichskristallnacht«
- Otto Hahn gelingt erste Atomspaltung

1939

- Deutsche Truppen marschieren in Prag ein
- Hitler-Stalin-Pakt
- Beginn des Zweiten Weltkrieges

◄ Max Schmeling schreibt mit seinem Sieg über Joe Louis 1936 Boxgeschichte

Samstag 2. August

Gesellschaft

Eine Münzkonvention unterzeichnen in Rom Vertreter der italienischen Regierung und des Vatikan. Danach darf der Vatikan italienisches Geld in Höhe von 1 Mio. Lire im Jahr ausgeben.

Kultur

Proteste von Studenten regen sich gegen die Entlassung von Hannes Meyer, Leiter der Hochschule für Gestaltung (Bauhaus) in Dessau. Der Sozialist Meyer war am Vortag unter dem Druck rechtsgerichteter Kreise fristlos entlassen worden.

Gesellschaft

Die 17. Konferenz für internationales Seerecht wird in der belgischen Stadt Antwerpen eröffnet. Tagungsthemen sind u.a. die Durchsetzung einer weltweiten Zwangsversicherung der Passagiere durch die Schiffahrtsgesellschaften sowie die Frage der rechtlichen Zuständigkeit bei Schiffszusammenstößen auf hoher See.

Wetter

Kühl und regnerisch präsentiert sich der August 1930. Die Temperatur erreicht im Durchschnitt 16,3 °C, fast 1 °C weniger als gewöhnlich.

Sonntag 2. August

Sport

Vor 200 000 Zuschauern gewinnt Rudolf Caracciola auf Mercedes-Benz das über 294,5 km führende Berliner AVUS-Rennen. Der deutsche Rennfahrer erreicht einen Stundendurchschnitt von 185,77 km/h und kommt in 1:35:07 h vor Hans-Joachim von Morgen auf Bugatti ins Ziel.

Politik

Die Kollektivierung der Landwirtschaft wird vom Zentralkomitee der KPdSU gedrosselt. Die Bauernwirtschaften sollen nur noch zu 68 bis 70%, die Saatfläche in den einzelnen Regionen zu 75 bis 80% kollektiviert werden.

Sport

Die ersten gemeinsamen Leichtathletikmeisterschaften im Deutschen Reich von Sportlern und Turnern enden in Berlin und Magdeburg.

Wetter

Angenehme Sommertage bringt der August 1931. Bei einer durchschnittlichen Temperatur, die mit 16,6 °C leicht unter dem langjährigen Mittelwert liegt und geringem Niederschlag von insgesamt nur 54 mm bieten sich Spiel und Sport im Freien an.

Dienstag 2. August

Politik

Aus Sicherheitsgründen will Belgien die Grenze zum Deutschen Reich mit Sperranlagen befestigen lassen. Dies kündigt der belgische Verteidigungsminister Bernard Crokaert an.

Gesellschaft

Der Faschismus in Italien wird zur Massenbewegung. Nach Angaben der italienischen Faschisten hat die Partito Nazionale Fascista (PNF) zur Zeit 1,33 Mio. Mitglieder.

Kultur

Für eine Reform des Listensystems trete seine Regierung ein, erklärt Reichskanzler Franz von Papen vor US-Journalisten. Das Land müsse von der Parteienherrschaft befreit werden. Wie Reichsinnenminister Wilhelm Freiherr von Gayl urteilt von Papen, daß der übertriebene Parlamentarismus, der wichtige Entscheidungen von Zufallsmehrheiten abhängig mache, beseitigt werden müsse.

Wetter

Ein Sommermonat wie aus dem Bilderbuch ist der August 1932. Die Temperaturen klettern auf Spitzenwerte, so daß der Mittelwert 19,8 °C beträgt.

Mittwoch 2. August

Gesellschaft

Eine erhebliche Verschärfung des Strafvollzugs beschließt die preußische Staatsregierung. Entgegen der »übertriebenen Humanität«, wie sie in der Weimarer Republik üblich gewesen sei, müßten die Strafbedingungen so gestaltet sein, daß der Häftling nie wieder einen Gefängnisaufenthalt riskieren wolle. Dies formuliert der Staatssekretär des preußischen Justizministers Hanns Kerrl, Roland Freisler, vor der Presse.

Technik

Nach 20monatiger Bauzeit gibt die Sowjetregierung die Eröffnung des Weißmeer-Ostsee-Kanals bekannt. Er verbindet auf einer Länge von 227 km den Onega-See mit dem Weißen Meer und wurde vorwiegend von Zwangsarbeitern ausgehoben.

Wetter

Wenig Regen und angenehme Temperaturen beschert der August 1933 den Ausflüglern. Nur 42 mm Niederschlag fallen in diesem Sommermonat. Die mittlere Lufttemperatur beträgt 17,5 °C.

Preise in den 30er Jahren

1 kg Butter	2,96
1 kg Mehl	0,47
1 kg Fleisch	1,60
1 l Vollmilch	0,23
1 Ei	0,10
10 kg Kartoffeln	0,90
1 kg Kaffee	5,33
Stundenlohn	0,78

in RM, Stand 1934

Donnerstag 2. August

Politik

Noch am Todestag des deutschen Reichspräsidenten Paul von Hindenburg tritt im Deutschen Reich ein Gesetz in Kraft, wonach das Amt des Reichspräsidenten mit dem des Reichskanzlers vereinigt wird. Der »Führer« und Reichskanzler Adolf Hitler (NSDAP) vereinigt damit alle Macht in seiner Person. Bei einer von Hitler gewünschten Volksabstimmung über die Zusammenlegung der Ämter sprechen sich am 19. August nach offiziellen Angaben 89,93% der deutschen Wähler für diesen Akt aus.

Figurbetonte Eleganz in den 30er Jahren: Kostüm aus Wollstoff mit Lederpaspeln

Gesellschaft

Mit Papst Pius XI. weilt seit 1870 erstmals wieder ein Oberhaupt der katholischen Kirche in der außerhalb Roms gelegenen päpstlichen Sommerresidenz Castel Gandolfo.

Wetter

Die Regenkleidung sollte im August 1934 noch nicht im Schrank verstaut werden. Mit 110 mm bringt der Sommermonat relativ viel Niederschlag. Der durchschnittliche Wert liegt bei 68 mm. Ein Trost ist, daß die mittlere Temperatur stolze 17,4 °C beträgt.

Freitag 2. August

Gesellschaft

Ausgewiesen aus dem deutschen Reich wird der langjährige Auslandskorrespondent der »Baseler Nachrichten«, Ernst Klein. In zahlreichen Pressekampagnen war der Journalist als »nichtarischer Österreicher« verunglimpft worden.

Der Herr liebt es eher klassisch: Sommersakko aus hellem Fischgrät

Kultur

Den Beinamen »Hauptstadt der Bewegung« verleiht Reichskanzler Adolf Hitler der Stadt München. Mit dieser Bezeichnung soll an die Anfänge der Hitlerbewegung erinnert werden, die von der Isarmetropole aus ihren Ausgang nahm. München war 1923 Schauplatz des gescheiterten Hitler-Putsches, mit dem der Sturz der bayerischen Landesregierung und der Reichsregierung herbeigeführt werden sollte.

Wetter

Über einen angenehmen Sommermonat können sich die Urlauber im August 1935 freuen. Das Thermometer klettert auf relativ hohe Temperaturen, so daß im Durchschnitt 17,4 °C erreicht werden. Die Regenmenge liegt nur leicht über dem Mittelwert.

Sonntag 2. August

Sport

In Berlin beginnen die ersten Wettbewerbe der XI. Olympischen Sommerspiele. Tags zuvor hatte Reichskanzler Adolf Hitler vor 100 000 Zuschauern im Berliner Olympiastadion die Spiele eröffnet. Das nationalsozialistische Regime benutzt die Sommerspiele zu einer großangelegten Propaganda für das »neue Deutschland«, das seinen Bürgern Sicherheit und Ordnung garantiert. Mit Siegen deutscher Aktiver will Hitler seine These von der Überlegenheit der arischen Rasse belegen.

Sport

Der Belgier Sylvère Maes gewinnt in Frankreich die 30. Tour de France, das berühmteste Radrennen der Welt. Seine Gesamtzeit: 142:47:32 Stunden.

Kultur

Die Pariser Orangerie zeigt Werke des französischen Impressionisten Paul Cézanne.

Wetter

Auf ein paar Regentropfen müssen sich Urlauber im August 1936 einstellen. 30 mm Niederschlag wird gemessen. Bei einer mittleren Temperatur von 17,3 °C bringt das kaum Abkühlung.

Montag 2. August

Kultur

Gleich zwei Spielfilme feiern in Berlin Premiere. In »Karussell« spielen unter der Regie von Alwin Elling Marika Rökk, Georg Alexander, Paul Henckels und Aribert Mog. Die Hauptrolle in dem US-amerikanischen Streifen »Signale nach London« (»Lloyds of London«) von Henry King bekleidet Tyrone Power.

Technik

Das IV. Internationale Flugmeeting endet im schweizerischen Zürich. Seit dem 23. Juli beteiligten sich rund 300 Flieger aus 14 Ländern an den Wettbewerben. In sechs von elf Konkurrenzen holen sich deutsche Flieger den Sieg. Der deutsche Pilot Ferdinand Graf Hagenburg gewinnt die im Rahmen des Meetings ausgetragenen Internationalen Kunstflugmeisterschaften auf einer Bücker-Jungmeister-Maschine (Bü 133).

Stars der 30er Jahre

Louis Armstrong
Trompeter
Marlene Dietrich
Filmschauspielerin
Greta Garbo
Filmschauspielerin
Fred Astaire
Tänzer/Schauspieler
Sonja Henie
Eiskunstläuferin

Wetter

Warme Sommertage locken im August 1937 ins Freie. Die durchschnittliche monatliche Temperatur ist mit 18,1 °C die zweithöchste des Jahres.

Dienstag 2. August

Gesellschaft

Mit einer Kundgebung in der Berliner Deutschlandhalle wird das Richtfest für den vom Architekten Albert Speer entworfenen Neubau der Reichskanzlei begangen. Entlang der Voßstraße entsteht auf einer Länge von 420 m ein Monumentalbau, der nicht nur die drei Kanzleien Hitlers sowie das Büro des Stabschefs der SA und die Adjutanturen aufnehmen wird, sondern auch Repräsentationsräume für Staatsbesuche enthält.

Rekorde in den 30er Jahren

200 m: J. Carlton (AUS) – 20,6 sec (1932)
Weitsprung: Jesse Owens (USA) – 8,13 m (1935)
Weitsprung: Erika Junghans (GER) – 6,07 m (1939)
400 m: Rudolf Harbig (GER) – 46,0 sec (1939)

Gesellschaft

22 787 Wanderer und Obdachlose sind im Deutschen Reich registriert worden. Dies meldet der »NS-Volksdienst«, das Organ der Nationalsozialistischen Volkswohlfahrt (NSV). Damit wurden 5500 Obdachlose weniger erfaßt als im Vorjahr.

Wetter

Warm, aber regnerisch - so präsentiert sich der August 1938. Bei einer Durchschnittstemperatur von fast 20 °C ist die Niederschlagsmenge mit 126 mm rd. doppelt so hoch wie der statistische Mittelwert.

Mittwoch 2. August

Kultur

Die Hochschulen in Böhmen und Mähren werden durch Führererlaß zum 1. September 1939 vom Deutschen Reich übernommen. Am 14. März hatte der Slowakenführer Jozef Tiso auf deutschen Druck hin die Loslösung der Slowaken von der Tschechoslowakei proklamiert. Am selben Tag begann der deutsche Einmarsch in die Tschechoslowakei, der am 16. März zur Errichtung des Protektorats Böhmen und Mähren führte.

Politik

Vor der Gefahr einer deutschen Atombombe warnt der 1933 in die USA emigrierte deutsche Physiker Albert Einstein den US-Präsidenten Franklin Delano Roosevelt. Gemeinsam mit anderen führenden Wissenschaftlern informiert Einstein über die drohende Gefahr. Ende 1938 war den Wissenschaftlern Otto Hahn und Friedrich Straßmann in Berlin der Nachweis der Kernspaltung gelungen.

Wetter

Herrlich warm ist der Sommermonat August im Jahr 1939. Hohe Temperaturen - im monatlichen Durchschnitt werden stolze 19 °C erreicht - füllen die Biergärten. Die Niederschlagsmenge von 73 mm bewegt sich im Bereich des statistischen Mittels.

1940-1949

Highlights des Jahrzehnts

1940

- Deutscher Luftkrieg gegen Großbritannien
- Beginn der Westoffensive
- Winston Churchill neuer britischer Premierminister

1941

- Schottlandflug von Rudolf Heß
- Deutscher Überfall auf die Sowjetunion
- Japan greift Pearl Harbor an – Kriegseintritt der USA
- »Citizen Kane« von Orson Welles in den Kinos

1942

- Wannsee-Konferenz beschließt Judenvernichtung
- 6. Armee in Stalingrad eingeschlossen
- Beginn alliierter Luftangriffe auf deutsche Städte
- »Casablanca« mit Ingrid Bergman und Humphrey Bogart uraufgeführt

1943

- Goebbels propagiert den »totalen Krieg«
- Ende der Widerstandsgruppe »Weiße Rose«
- Aufstand im Warschauer Ghetto scheitert

1944

- Alliierte landen in der Normandie
- Stauffenberg-Attentat auf Hitler scheitert
- Charles de Gaulle wird Staatschef Frankreichs
- US-Präsident Franklin D. Roosevelt zum dritten Mal wiedergewählt

1945

- KZ Auschwitz befreit
- Bedingungslose Kapitulation Deutschlands
- Vereinte Nationen gegründet
- Beginn der Potsdamer Konferenz
- US-Atombomben zerstören Hiroschima und Nagasaki

1946

- Gründung der SED
- Nürnberger NS-Prozesse
- US-Atombombentests im Südpazifik
- Hilfe durch Care-Pakete aus den USA
- Französischer Kolonialkrieg in Vietnam

1947

- Marshallplan-Hilfe für Europa
- Indien feiert Unabhängigkeit von Großbritannien
- GATT regelt den Welthandel
- Thor Heyerdahls »Kon-Tiki«-Expedition erfolgreich

1948

- Mahatma Gandhi ermordet
- Währungsreform in Ost und West
- UdSSR verhängt Berlin-Blockade
- Staatsgründung Israels
- Korea gespalten
- UNO-Menschenrechtsdeklaration

1949

- Gründung der NATO
- Grundgesetz für die Bundesrepublik Deutschland verkündet
- Konrad Adenauer erster Bundeskanzler
- Proklamation der Deutschen Demokratischen Republik
- Chinesische Revolution

◀ **Charlie Chaplin als »Großer Diktator« (1940)**

Freitag 2. August

Gesellschaft

Die Kinder des belgischen Königs Leopold III., die bei dem am 10. Mai begonnenen Einmarsch deutscher Truppen außer Landes gebracht worden sind, treffen mit einem von der deutschen Reichsregierung zur Verfügung gestellten Sonderzug wieder in Brüssel ein.

Politik

Als Moldauische Sozialistische Sowjetrepublik werden Bessarabien und Nord-Bukowina der UdSSR einverleibt. Am 28. Juni hatten sowjetische Truppen die Gebiete besetzt.

Technik

Die Erhöhung der Heeresstärke auf 180 Divisionen ist Kernpunkt des Rüstungsprogramms, das General Georg Thomas, Chef des Wirtschafts- und Rüstungsamts aufstellen soll.

Wetter

Kühl und regnerisch präsentiert sich der August 1940. Die durchschnittliche Temperatur liegt um 2 °C unter dem Mittelwert von 17,2 °C.

Stars der 40er Jahre

Humphrey Bogart
Filmschauspieler
John Wayne
Filmschauspieler
Katharine Hepburn
Filmschauspielerin
Hans Albers
Filmschauspieler
Joe Louis
Boxer

Samstag 2. August

Politik

Militärische Unterstützung gegen den Vormarsch deutscher Truppen sagt der US-amerikanische Staatssekretär Sumner Welles in einer Note an die sowjetische Regierung zu.

Politik

Zur sofortigen Ausweisung aller Deutschen fordert die britische Regierung Iran und Afghanistan auf. Der Aufforderung wird jedoch nicht Folge geleistet. Mit der Begründung, daß sie Erkenntnisse über Spionageaktionen der im Iran lebenden Deutschen hätten, überschreiten am 25. August britische Truppen die iranischen Grenzen.

Kultur

Mit der Oper »Die Zauberflöte« werden in Salzburg die diesjährigen Festspiele eröffnet. Heinz Arnold inszeniert die Oper von Wolfgang Amadeus Mozart, die musikalische Leitung hat Karl Böhm.

Wetter

Ein bedeckter Himmel und kühle Temperaturen trüben im August 1941 den Spaß am Sommer. Die Sonne scheint lediglich 180 Stunden, 32 Stunden weniger als im statistischen Mittel.

Sonntag 2. August

Kultur

»Die große Liebe«, der neue Zarah-Leander-Film. wird in der Bochumer Ufa-Tonhalle uraufgeführt. Unter der Regie von Rolf Hansen führen bekannte Schauspieler, darunter Grete Weiser und Paul Hörbiger, in diesem Film den Beweis, daß wahre Liebe auch in Kriegszeiten Bestand haben kann. Bekannt wird vor allem das Lied »Ich weiß, es wird einmal ein Wunder geschehn«.

Politik

Waldo David Frank wird bei einen Überfall in der argentinischen Hauptstadt Buenos Aires verletzt. Der US-Schriftsteller hatte wenige Tage zuvor in einer Zeitung kritisch zur Neutralitätspolitik der argentinischen Regierung Stellung bezogen.

Sport

Mit 4,16 m im Stabhochsprung erzielt der aus Weiden/Oberpfalz stammende Rudolf Glötzner beim Sportfest in Berlin einen deutschen Rekord.

Wetter

Ein warmer Sommermonat ist der August 1942. Die Temperaturen liegen deutlich höher als sonst, so daß die mittlere Lufttemperatur 19,0 °C beträgt.

Montag 2. August

Gesellschaft

Zahlreiche Berliner folgen bereits einen Tag nach dem Evakuierungsaufruf von Reichspropagandaminister Joseph Goebbels dessen Empfehlung. Der in einer Wurfsendung verteilte Aufruf richtet sich an Frauen, Kinder, Rentner bzw. Pensionäre und andere Bürger, die nicht aus beruflichen o.ä. Gründen an Berlin gebunden sind.

Preise in den 40er Jahren

1 kg Butter	3,50
1 kg Mehl	0,45
1 kg Fleisch	1,60
1 l Vollmilch	0,26
1 Ei	0,12
10 kg Kartoffeln	1,00
1 kg Zucker	0,76
Stundenlohn	0,81

in RM, Stand 1943

Politik

Sowjetische Partisanen beginnen mit der Zerstörung zahlreicher Bahnlinien im Rücken der deutschen Heeresgruppen Mitte und Süd.

Gesellschaft

Zu einer Häftlingsrevolte kommt es im Konzentrationslager Treblinka. Die 1000 Häftlinge revoltieren unter der Führung von zwei Offizieren der tschechoslowakischen Armee.

Wetter

Im Kriegsjahr 1943 präsentiert sich der August als ein herrlicher Sommermonat. Die mittlere Temperatur beträgt fast 20 °C (Mittelwert: 17,2 °C).

Mittwoch 2. August

Gesellschaft

5800 Transportarbeiter treten in Philadelphia (US-Bundesstaat Pennsylvania) aus Protest gegen die Einstellung von acht schwarzen Arbeitern in einen viertägigen Streik.

Das Extravagante an diesem Sommerkleid – der mit Tapeziernägeln besetzte Gürtel

Sport

Im Zeichen der »totalen Kriegsführung« entfallen im Deutschen Reich gemäß einer Verfügung von Joseph Goebbels künftig sämtliche Reichsmeisterschaften in den einzelnen Sportarten. Der Reichspropagandaminister verfügt mit seiner Anordnung auch, daß die für den 6. August geplanten Meisterschaften im Schwimmen in Breslau, im Tennis und Segeln in Berlin sowie im Kanusport in Wien ausfallen werden. Einige Tage später, am 10. August, gibt Goebbels auch Einschränkungen im kulturellen Bereich bekannt.

Wetter

Wunderschönes Wetter könnte die Menschen im August 1944 erfreuen, wenn nicht der Zweite Weltkrieg toben würde. Die mittlere Temperatur liegt bei stattlichen 21,6 °C (Durchschnitt: 17,2 °C).

Donnerstag 2. August

Politik

Auf Schloß Cecilienhof in Potsdam endet die sog. Potsdamer Konferenz, an der US-Präsident Harry S. Truman, der britische Premierminister Clement Richard Attlee und der sowjetische Staats- und Parteichef Josef W. Stalin teilgenommen haben. Die »Großen Drei« hatten seit dem 17. Juli bei Berlin getagt. In ihrem Abschlußprotokoll veröffentlichen die Siegermächte ihre Beschlüsse über die weitere Behandlung Deutschlands. Die Alliierten übernehmen in Deutschland die oberste Regierungsgewalt. Strittige internationale Fragen wurden bei der Konferenz ausgeklammert.

Das Modemagazin »Esquire« stellt diese Abendmode für den Herrn vor

Gesellschaft

Die Sütterlin-Schrift darf im Berliner Postverkehr künftig nicht mehr benutzt werden. Die altdeutsche Schrift wurde von der alliierten Kommandatur der Stadt verboten.

Wetter

Als angenehmer Sommermonat präsentiert sich der August 1945. Der Zweite Weltkrieg ist erst seit kurzem beendet. Die notleidende Bevölkerung ist für das schöne Wetter dankbar.

Freitag 2. August

Politik

Sein neues Kabinett stellt in der belgischen Hauptstadt Brüssel Ministerpräsident Kamiel Huysmans von der sozialistischen Partei vor. Dem Kabinett gehören Sozialisten, Kommunisten und Liberale an. Huysmans löst als Regierungschef seinen Parteifreund Achille van Acker ab.

Gesellschaft

Die unentgeltliche Nutzung sämtlicher deutscher Patente in den Unterzeichnerstaaten sieht ein Abkommen vor, das auf der seit dem 15. Juli in London tagenden Konferenz über die Vertretung deutscher Patente geschlossen wird. An der Konferenz nehmen u.a. Delegationen aus den USA, Großbritannien, Frankreich und den Niederlanden teil. Die Konferenz beschäftigt sich mit den Reparationsleistungen Deutschlands an ehemalige Gegner. Deutsche Politiker befürchten durch die Patent-Regelung eine Verzögerung des Wiederaufbaus.

Wetter

Ein schöner Sommermonat lockt die Menschen im August 1946 ins Freie. Die Temperatur liegt im Durchschnitt bei 17,1 °C. Das langjährige Mittel beträgt 17,2 °C. Die Regenmenge ist mit 56 mm mehr als 10 mm niedriger als gewöhnlich.

1947

Samstag 2. August

Politik

Die sowjetische Militärverwaltung in Deutschland weist die Behauptung des SPD-Vorsitzenden Kurt Schumacher zurück, wonach die SPD in der Ostzone verboten sei. Vielmehr habe es seit dem Zusammenschluß von SPD und KPD im April 1947 zur SED kein Gesuch um Neugründung der SPD in der Ostzone gegeben.

Neugierige Besucher genießen in Hamburg das Schwitzbad in der am Vortag eröffneten ersten deutschen Sauna-Großanlage, die zugleich als Heil- und Kuranstalt dient.

Politik

Neuer Staatspräsident von Uruguay wird Luis Batlle y Berres. Er tritt die Nachfolge des verstorbenen Staatspräsidenten Tomás Berreta an.

Politik

Die österreichischen Ölraffinerien in der Lobau werden von sowjetischen Truppen besetzt. Die Raffinerien sind teilweise Eigentum britisch-US-amerikanischer Gesellschaften.

Wetter

An einem Bilderbuch-Sommer können sich Touristen im August 1947 freuen. Hohe Temperaturen treiben die Jugendlichen in die Freibäder.

Montag 2. August

Gesellschaft

Aufgebrachte Hausfrauen stürmen auf dem Münchner Viktualienmarkt die Verkaufsstände. Die sprunghaft angestiegenen Preise sorgen nicht nur im Süden Deutschlands für heftige Proteste. Überall in den westlichen Besatzungszonen sind die Preise für Lebensmittel und Konsumgüter empörend hoch. In Lübeck kommt es beispielsweise zu einem lokalen Käuferstreik: Acht Tage lang sollen ab dem 6. August nur noch die notwendigsten Waren eingekauft werden. Durch die auch in anderen Städten praktizierten Käuferstreiks kommt es innerhalb kurzer Zeit zu Preisnachlässen von bis zu 50 %.

Politik

Der Landtag in Nordrhein-Westfalen verabschiedet in Düsseldorf ein neues Bodenreformgesetz, das die Fläche des privaten Grundeigentums auf eine Höchstgrenze von 125 ha festsetzt. Die Bestimmung wird jedoch von der britischen Militärregierung in Deutschland abgelehnt.

Wetter

Einen angenehmen Sommermonat erleben die Erholungssuchenden im August 1948. Die mittlere Lufttemperatur liegt mit 17,8 °C um immerhin 0,6 °C über dem langjährigen Mittelwert.

1949

Dienstag 2. August

Politik

In einer Rede in Skopje erklärt der jugoslawische Ministerpräsident, Josip Broz Tito, es werde der Tag kommen, an dem das bulgarische und das albanische Volk sich ihrer Unterdrücker entledigten und wieder mit Jugoslawien zusammenarbeiteten. Der 1892 geborene Tito ist Jugoslawiens mächtigster Mann. Er trat 1910 der Sozialdemokratischen Partei bei. Nach russischer Gefangenschaft, in die er 1915 als Soldat der österreichisch-ungarischen Armee geriet, trat er nach der russischen Revolution 1917 in die Rote Armee ein.

Politik

Der israelische Außenminister Mosche Sharett erklärt vor dem Parlament in Tel Aviv, die Regierung habe sich schon immer gegen die Rückkehr aller arabischen Flüchtlinge auf das jetzige Staatsgebiet Israels ausgesprochen.

Wetter

Als freundliches Mittelmaß präsentiert sich der August 1949. Temperatur- und Regenwerte bewegen sich weitgehend im Durchschnitt.

Rekorde in den 40er Jahren

5000 m: G. Hägg (SWE) – 13:58,2 min (1942)
Hochsprung: Fanny Blankers-Koen (HOL) – 1,71 m (1943)
Marathon: Suh Yun Bok (KOR) – 2:25:39 h (1947)
Speerwerfen: Natalia Smirnizkaja (URS) – 53,41 m (1949)

1950-1959

Highlights des Jahrzehnts

1950

- Ausbruch des Koreakrieges
- Abschaffung der Lebensmittelmarken in Deutschland

1951

- Debatte um die Wiederaufrüstung Deutschlands
- Skandal um Hildegard Knef als »Sünderin«
- Erster Schritt zur europäischen Einigung: Montanunion perfekt
- Der persische Schah Mohammed Resa Pahlewi heiratet Soraya

1952

- Helgoland wieder unter deutscher Verwaltung
- Staatsstreich in Ägypten
- DDR riegelt Grenze ab
- Dwight D. Eisenhower wird zum 34. US-Präsidenten gewählt
- USA zünden Wasserstoffbombe
- In Deutschland bricht das Fernsehzeitalter an

1953

- Tod des sowjetischen Diktators Josef Stalin
- Volksaufstand in der DDR
- Elisabeth II. zur Königin von Großbritannien und Nordirland gekrönt
- Mount Everest: Höchster Berg der Welt bezwungen

1954

- Französische Niederlage in Vietnam
- Deutschland wird in Bern Fußballweltmeister
- Beginn des Algerienkrieges
- Mit »That's alright Mama« beginnt der Aufstieg von Elvis Presley

1955

- Die Bundesrepublik wird ein souveräner Staat
- Gründung des Warschauer Paktes
- Tragischer Tod von James Dean
- Erste »documenta«

1956

- Traumhochzeit von Grace Kelly und Rainier III. von Monaco
- Volksaufstand in Ungarn
- Suezkrise führt zu Nahostkrieg
- Musical »My Fair Lady« beginnt seinen Siegeszug um die Welt

1957

- Gründung der EWG
- »Sputnik-Schock« bildet Auftakt zu Wettlauf im All
- Heinz Rühmann als »Hauptmann von Köpenick« gefeiert
- Erste Massenimpfung gegen Kinderlähmung

1958

- De Gaulle und Adenauer begründen deutsch-französische Freundschaft
- Rock 'n' Roll-Fieber grassiert weltweit
- Pelé – Star der Fußballweltmeisterschaft in Schweden
- Atomium ist Wahrzeichen der Weltausstellung in Brüssel

1959

- Fidel Castro übernimmt die Macht in Kuba
- Hula-Hoop-Welle schwappt aus den USA nach Europa
- Premiere des Marilyn-Monroe-Films »Manche mögen's heiß«
- Erste Bilder von der Rückseite des Mondes

◀ **Rock around the clock: Bill Haley (vorn) »erfindet« den Rock 'n' Roll**

Mittwoch 2. August

Politik

Zum 23. Jahrestag der Gründung der Volksbefreiungsarmee in China schreibt die Zeitung »Huanminshibao«, als künftige Aufgaben warteten nun die Befreiung von Taiwan und Tibet.

Gesellschaft

Vor nichtamtlichen Stellen warnt Bundesarbeitsminister Anton Storch (CDU) die Bundesbürger. Diese würden versuchen, Deutsche als Arbeitskräfte im Ausland anzuwerben. Dabei zähle die deutsche Wirtschaft zur Zeit des Wiederaufbaus auf jeden arbeitswilligen Mitstreiter.

Politik

Die Aufforderung von Bundeswirtschaftsminister Ludwig Erhard, auf Lohnforderungen zu verzichten, wird vielerorts heftig diskutiert. Erhard will das Preisniveau und die Exportfähigkeit der Bundesrepublik Deutschland sichern. Die Gewerkschaften lehnen den Verzicht auf Lohnzuwächse ab.

Wetter

Ein phantastisches Sommerwetter lockt Kinder und Erwachsene im August 1950 ins Freie. Die Temperatur beträgt im Durchschnitt fast 19 °C.

Donnerstag 2. August

Politik

Eine »Spionageorganisation« namens »Freies Parlament« will das DDR-Ministerium für Staatssicherheit aufgedeckt haben. Ziel der Mitglieder, die verhaftet worden sein sollen, sei die Sabotage der Weltjugendfestspiele gewesen.

Gesellschaft

Einen sportlich-legeren Frauentyp präsentiert die Frauenzeitschrift »Constanze« auf dem Titelblatt ihrer aktuellen Ausgabe. Freizeitmode gewinnt einen immer größeren Stellenwert.

Technik

Die »Deutsche Forschungsgemeinschaft e.V.« mit Sitz in Bonn wird gegründet. Die Einrichtung zur Förderung der Wissenschaft ensteht durch Integration des 1949 gegründeten »Deutschen Forschungsrates« in die 1949 wiedergeschaffene »Notgemeinschaft der Deutschen Wissenschaft«.

Wetter

Eisdielen, schattige Plätze und Biergärten sind angesichts des herrlichen Sommerwetters im August 1951 beliebte Aufenthaltsorte. Die durchschnittliche Temperatur liegt bei stattlichen 19,0 °C.

Samstag 2. August

Politik

Anerkannt als souveräner Staat wird die Bundesrepublik künftig von den Vereinigten Staaten: US-Präsident Harry S. Truman ratifiziert den Deutschland-Vertrag und das Garantie-Zusatzprotokoll zum Atlantikpakt (NATO). Bereits am 26. Mai hatte die Bundesrepublik weitgehend ihre Souveränität wiedererlangt, allerdings mit der Auflage, daß die Alliierten in Deutschland verbleiben sollten. Der Besatzungsstatus wurde aufgehoben.

Preise in den 50er Jahren

1 kg Butter	6,75
1 kg Mehl	0,76
1 kg Fleisch	5,01
1 l Vollmilch	0,40
1 Ei	0,23
10 kg Kartoffeln	2,14
1 kg Kaffee	21,40
Stundenlohn	1,96

in DM, Stand 1955

Gesellschaft

Die Zahl der Kinderlähmungsfälle nimmt drastisch zu. Das teilt das Landesgesundheitsamt in Nordrhein-Westfalen mit. Bislang wurden allein in Nordrhein-Westfalen 1000 Krankheitsfälle registriert.

Wetter

Ein traumhaftes Wetter beschert im August 1952 einen Bilderbuch-Sommer. Fast 19 °C beträgt die Temperatur im Durchschnitt, nur 30 mm Regen wird gemessen. Die Sonne läßt sich 241 Stunden sehen, fast 30 Stunden länger als gewöhnlich.

Sonntag 2. August

Politik

Die rechtsextreme Deutsche Reichspartei nominiert Werner Naumann zum Spitzenkandidaten für die Bundestagswahlen. Der frühere Staatssekretär im Reichspropagandaministerium war erst Ende Juli aus der Untersuchungshaft entlassen worden.

Technik

Vier frühere deutsche Flugzeugwerke (u.a. Dornier, Messerschmitt) und die ehemalige Daimler-Benz-Flugmotorenfabrik schließen sich unter dem Namen Aero-Union zu einer Interessengemeinschaft zusammen.

Die Einführung einer Bundesliga, die vom Westdeutschen Fußballverband beantragt worden war, wird vom Bundestag des Deutschen Fußball-Bundes abgelehnt.

Sport

Durch einen Punktsieg über den Belgier Karel Sys verteidigt Heinz Neuhaus in der Dortmunder Kampfbahn »Rote Erde« seinen Titel als Box-Europameister der Profis im Schwergewicht.

Wetter

Nur in Freibädern können sich die Urlauber im August 1953 etwas Abkühlung verschaffen. 248 Stunden lang scheint die Sonne in diesem Monat.

Montag 2. August

Politik

Wegen »Rädelsführerschaft in einer verfassungsfeindlichen Vereinigung« verurteilt der Bundesgerichtshof in Karlsruhe zwei KPD-Funktionäre zu je drei Jahren Gefängnis.

Gesellschaft

Erstmals seit 1945 werden in Neumünster Häuser mit Luftschutzkellern gebaut, die bei Atomangriffen »vollkommenen Schutz« bieten sollen.

Politik

Portugals Regierung schickt Truppen in seine Kolonie Goa, um Protestkundgebungen indischer Nationalisten vorzubeugen. Die Nationalisten hatten im Juli das portugiesische Territorium Dadra besetzt, woraufhin es am 24. Juli in Lissabon zu einer Demonstration von über 100 000 Menschen kam, die sich für den Erhalt der portugiesischen Besitzungen in Indien einsetzten.

Wetter

Zu Spiel und Sport im Freien animiert der August 1954. Die Sonne scheint 201 Stunden (Durchschnitt: 212 Stunden). Die Niederschlagsmenge beträgt stolze 128 mm (Durchschnitt: 68 mm).

Dienstag 2. August

Kultur

International geschätzt wird die deutsche Zeitschrift »Gebrauchsgraphik«, die auf dem Titel ihrer aktuellen Ausgabe einen stilisierten Trommler abbildet. Die Zeitschrift, die im Münchner Verlag F. Bruckmann KG erscheint, ist eine »Monatsschrift zur Förderung künstlerischer Werbung« und stellt das Organ des Bundes Deutscher Gebrauchsgraphiker dar. Sie wird aufgrund der deutsch-englischen Texte und der Einbeziehung von Künstlern aus aller Welt international positiv aufgenommen.

Stars der 50er Jahre

Marilyn Monroe
Filmschauspielerin
James Dean
Filmschauspieler
Elvis Presley
Sänger
Sophia Loren
Filmschauspielerin
Brigitte Bardot
Filmschauspielerin

Sport

Auf Beschluß des italienischen Fußballverbandes wird die Mannschaft des A-Liga-Klubs Udinese wegen Manipulationen aus der obersten Liga verbannt. 1953 war das Ergebnis eines Spieles mit dem Gegner abgesprochen worden.

Wetter

Ein schöner August lädt 1955 zu Grillpartys und Ausflügen ein. Die mittlere Lufttemperatur beträgt 18,5 °C. Die Sonne scheint 238 Stunden.

Donnerstag 2. August

Politik

Weitreichende Änderungen sollen laut Ankündigung des US-amerikanischen Verteidigungsministeriums in Washington im Verteidigungskonzept der USA vorgenommen werden. Nach Ansicht von General Nathan F. Twining, dem Stabschef der Luftwaffe, hat sich im Pentagon die Erkenntnis durchgesetzt, daß die konventionellen Waffen im Atom-Zeitalter an Bedeutung verlieren.

Stets korrekt und im Zweifelsfall eher weit geschnitten: Herrenmode in den 50ern

Gesellschaft

Das »Traumziel« der deutschen Urlauber ist nach wie vor Italien. Auch Österreich und die Schweiz stehen in der Gunst der Reisewilligen hoch im Kurs. Zahlreiche Bundesbürger stecken in den Reisevorbereitungen oder befinden sich bereits im Sommerurlaub. Nur 10 % der Deutschen verreisen ins Ausland.

Wetter

Die Sommerkleidung kann im August 1956 im Schrank bleiben. Die mittlere Lufttemperatur beträgt nur 15,0 °C. Die Sonne scheint mit 190 Stunden 22 Stunden weniger als gewöhnlich.

Freitag 2. August

Politik

Um Korruptionsfällen in Zukunft vorzubeugen, wird im Bundesverteidigungsministerium in Bonn eine zentrale Überwachungsstelle für die Materialbeschaffung der Bundeswehr eingerichtet. Dies ist eine der Konsequenzen aus einem nach und nach zutage tretenden Bestechungsskandal, in den Beamte der Bundeswehrbeschaffungsstelle in Koblenz verwickelt sein sollen.

Politik

In Geheimbesprechungen zwischen dem sowjetischen Parteichef Nikita S. Chruschtschow und dem jugoslawischen Staatschef Marschall Josip Tito wird weitgehend Einigkeit über die unabhängige Stellung Jugoslawiens erzielt.

Für eine gute Figur auf der Tanzfläche: Kleid aus Chiné-Taft

Wetter

Strahlender Sonnenschein beschert den Ausflüglern und Urlaubern im August 1957 eine schöne Zeit. 232 Stunden scheint die Sonne. Die mittlere Lufttemperatur steigt auf angenehme Werte. Über die Niederschlagsmenge von 126 mm freuen sich Landwirte und Kleingärtner.

Samstag 2. August

Politik

Amintore Fanfani, der seit dem 2. Juli amtierende italienische Ministerpräsident, trifft zu einem Besuch in Bonn ein. In dessen Verlauf wird unter anderem die weltpolitische Lage erörtert.

Gesellschaft

Das Nachtleben in St. Pauli, dem Hamburger Vergnügungsviertel, ist Titelthema der heute erscheinenden Ausgabe des Magazins »Der Stern«. Zuvor hatte in der Hafenstadt eine Kampagne begonnen, die der »sündigen Meile« ihr Nepp-Image nehmen soll. Die Aktion »Preiswertes St. Pauli«, die Vergnügungssüchtigen den Weg zu günstigen Lokalen weisen soll, wurde von einem Hamburger Bürgerverein ins Leben gerufen.

Rekorde in den 50er Jahren

Kugelstoßen: Jim Fuchs (USA) – 17,95 m (1950)
10 000 m: Emil Zátopek (TCH) – 28:54,6 min (1954)
800 m: R. Moens (BEL) – 1:45,7 min (1955)
Eisschnellauf: Eugen Grischin (URS) – 1000 m in 1:22,8 min (1955)

Wetter

Warm, sonnig, regnerisch - so präsentiert sich der August 1958. Die mittlere Lufttemperatur liegt bei 17,5 °C und damit ebenso über dem Durchschnitt wie die Sonnenscheindauer von 232 Stunden. Stattliche 126 mm Regen (Durchschnitt: 68 mm) fallen in diesen 31 Tagen.

Sonntag 2. August

Politik

Richard M. Nixon, der Vizepräsident der Vereinigten Staaten, beendet seinen Besuch in der Sowjetunion und reist nach Warschau weiter. Nixons Reise, die am 23. Juli begonnen hatte, belebt den Ost-West-Dialog. USA und UdSSR stimmen, trotz erheblicher Differenzen, darin überein, »daß Meinungsverschiedenheiten zwischen Staaten am Konferenztisch und nicht auf dem Schlachtfeld« zu bereinigen seien.

> Badekappen mit lustigen Gesichtsmotiven auf dem Hinterkopf sind in den USA der letzte Schrei. Entworfen wurden sie von einer Hausfrau, die ihre Kinder damit erfreuen wollte.

Sport

Sieger des Formel-1-Weltmeisterschaftslaufs um den »Großen Preis von Deutschland« auf der Berliner Avus wird Tony Brooks auf Ferrari. Das Rennen wird durch den Tod des Franzosen Jean Behra überschattet, der am Vortag beim Sportwagenrennen verunglückt war. Behra war nach einem Überholvorgang mit seinem Porsche gegen eine Mauer geprallt.

Wetter

Gärtner und Landwirte freuen sich im August 1959 als womöglich einzige darüber, daß 132 mm Regen fallen, 64 mm mehr als gewöhnlich.

KENNEDY
FOR PRESIDENT
LEADERSHIP FOR THE 60's

1960–1969

Highlights des Jahrzehnts

1960

- Gründung der EFTA
- Frankreich wird 4. Atommacht
- John F. Kennedy wird 35. Präsident der USA
- Hochzeit des Jahres: Fabiola und König Baudouin von Belgien

1961

- Erster Mensch im Weltraum: der Russe Juri Gagarin
- Bau der Mauer in Berlin
- Gründung von Amnesty International

1962

- Flutkatastrophe an der Nordseeküste und in Hamburg
- Kuba-Krise: USA erzwingen Abbau sowjetischer Raketenbasen
- »Spiegel«-Affäre löst Regierungskrise aus
- Start der erfolgreichsten Serie der Kinogeschichte: James Bond

1963

- Deutsch-Französischer Freundschaftsvertrag
- US-Präsident Kennedy wird in Dallas erschossen
- Marika Kilius und Hans-Jürgen Bäumler werden Weltmeister im Eiskunstlaufen

1964

- Die USA greifen in den Vietnamkrieg ein
- Revolution in der Damenmode: der Minirock
- Der 22jährige Cassius Clay wird jüngster Boxweltmeister
- UdSSR: Breschnew neuer KP-Chef
- Erfolgreichste Pop-Gruppe der 60er: die Beatles
- Den Rolling Stones gelingt der internationale Durchbruch

1965

- Im Alter von 90 Jahren stirbt in London Winston Churchill
- Erste Fotos vom menschlichen Embryo im Mutterleib
- Ziehung der Lottozahlen erstmals im Fernsehen

1966

- Große Koalition aus CDU/CSU und SPD gebildet
- APO beginnt sich zu formieren

1967

- Sechs-Tage-Krieg in Nahost
- Erste Herztransplantation
- Bürgerkrieg in Biafra
- Kult-Musical »Hair« wird uraufgeführt

1968

- Ermordung des schwarzen Bürgerrechtlers Martin Luther King und des US-Präsidentschaftskandidaten Robert Kennedy
- »Prager Frühling« durch Einmarsch von Warschauer-Pakt-Truppen beendet
- Aufklärungswelle erreicht den Schulunterricht

1969

- Willy Brandt wird Kanzler einer sozialliberalen Koalition
- Der erste Mensch betritt den Mond
- »Sesamstraße« begeistert Millionen von Kindern
- Rockfestival in Woodstock

◀ **Voller Optimismus in die 60er: John F. Kennedy und seine Frau Jacqueline**

Dienstag 2. August

Gesellschaft

Bei einem Straßenbahnunglück in Wien kommen 18 Menschen ums Leben. 100 weitere Passsagiere werden verletzt, 33 davon schwer. Ein Zugführer hatte mit einem Alkoholgehalt von 2,6‰ bei hoher Geschwindigkeit die Gewalt über seinen Wagen verloren.

Stars der 60er Jahre

Die Beatles
Popgruppe
Sean Connery
Filmschauspieler
Pelé
Fußballspieler
Jean Paul Belmondo
Filmschauspieler
Dustin Hoffman
Filmschauspieler

Kultur

Die Statussymbole der »Halbstarken« aus den 50er Jahren werden in den 60er Jahren modisch adaptiert und salonfähig gemacht. Das sommerliche Straßenbild wird geprägt von Nietenhosen, Pferdeschwanz- und Rock-'n'-Roll-Frisuren. Auch die Industrie entdeckt das jugendliche Modebewußtsein. Die Mode-, Kosmetik- und Unterhaltungsindustrie spricht nun als mögliche Kunden verstärkt Jugendliche an.

Wetter

Angenehmes Sommerwetter mit durchschnittlichen Temperatur- und Niederschlagswerten bietet der August 1960. Betrüblich ist, daß die Sonne nur an 168 Stunden (Durchschnitt: 212 Stunden) scheint.

Mittwoch 2. August

Gesellschaft

Transportable, zweiklassige Schulpavillons aus vorgefertigten Bauteilen will die Stadt Wiesbaden in ihren Neubaugebieten aufstellen. Damit will der Magistrat die Schulraumnot beheben. Aufgrund der allgemein starken Raumnot, die u. a. durch die Zerstörungen im Krieg verursacht wird, müssen rund 860 000 Schüler in Schichten unterrichtet werden. Die Anzahl der Schüler pro Klasse liegt im Schnitt in der Volkschule bei 37.

Politik

Die innerdeutschen Spannungen verschärfen sich. Kurz vor dem Mauerbau am 13. August bemühen sich zahlreiche Politiker um eine bessere Verständigung zwischen Ost und West.

Gesellschaft

Bei einem Busunglück in der Schweiz kommen 16 Menschen um. Ein mit US-Touristen besetzter Bus war in den Vierwaldstätter See gestürzt.

Wetter

Hohe Temperaturen, aber Wolken bringt der August 1961. Die mittlere Temperatur liegt bei 18 °C, obwohl die Sonne nur 174 Stunden scheint.

Donnerstag 2. August

Politik

Der Moskauer Rundfunk erklärt, daß die DDR nach Abschluß eines separaten Friedensvertrags mit der Sowjetunion die Kontrolle über die durch ihr Territorium und ihren Luftraum laufenden Verbindungen ausüben werde. Am Vortag hatte die US-Militärbehörde beim sowjetischen Stadtkommandanten von Berlin, Andrei Solowjew, gegen die Bedrohung amerikanischer Hubschrauber über Ost-Berlin protestiert. Zuvor hatten die Sowjets gedroht, US- Flüge über der Stadt notfalls auch durch Abschuß der Maschinen zu unterbinden.

Rekorde in den 60er Jahren

Stabhochsprung: Brian Sternberg (USA) – 5,00 m (1963)
Hochsprung: V. Brumel (URS) – 2,28 m (1963)
Weitsprung: Bob Beamon (USA) – 8,90 m (1968)
100 m: Jim Hines (USA) – 9,9 sec (1968)

Gesellschaft

Zu einem Privatbesuch weilt der frühere US-amerikanische Präsident Dwight D. Eisenhower in Bonn. Am Abend findet ein Treffen mit Bundeskanzler Konrad Adenauer statt.

Wetter

Regenschirm und Pullover sollten Ausflügler 1962 im Sommermonat August nicht vergessen. Die Temperaturen sind unterdurchschnittlich, die Sonne scheint nur 146 Stunden. 83 mm Regen fallen.

Freitag 2. August

Politik

Vor dem Sicherheitsrat der Vereinten Nationen (UNO) in New York gibt US-Botschafter Adlai Stevenson die Einstellung aller Waffenlieferungen an Südafrika zum Jahresende bekannt. Der Sicherheitsrat hatte bereits am 22. Juli über die Vorwürfe von 32 afrikanischen Staaten gegen die Rassenpolitik in Südafrika beraten.

Politik

Tunesien und Madagaskar geben den Abbruch diplomatischer Beziehungen mit Portugal bekannt. Ursache für diesen Schritt ist Portugals Kolonialpolitik: In der portugiesischen Afrika-Kolonie Guinea war es am 17. Juli zu Aufständen gegen die Kolonialherrscher gekommen, woraufhin Portugal seine Streitkräfte in der Kolonie aufgestockt hatte. Die in Bissao stationierten Militärflugzeuge hatten auch den Befehl erhalten, die aus dem Senegal und der Republik Guinea über die Grenze kommenden aufständischen Soldaten mit Bomben anzugreifen.

Wetter

Ein schöner Sommermonat ist der August 1963. Zwar ist der Himmel oft bewölkt - die Sonne scheint nur 172 Stunden - aber die mittlere Lufttemperatur liegt mit 17,3 °C sogar leicht über dem Schnitt.

Sonntag 2. August

Gesellschaft

»Mods« und »Rocker«, zwei rivalisierende britische Jugendgruppen, liefern sich in Hastings an der englischen Südküste schwere Kämpfe. Bereits über die Pfingstfeiertage im Mai war es zu äußerst gewalttätigen Auseinandersetzungen gekommen.

Kultur

In Locarno (Schweiz) enden die XVII. Internationalen Filmfestspiele, die am 22. Juli begonnen hatten. Mit dem »Goldenen Segel« für den besten Spielfilm wird der tschechische Beitrag »Schwarzer Peter« ausgezeichnet. Regie führte Milos Forman.

Sport

Die Wimbledon-Siegerin Maria Bueno aus Brasilien gewinnt das Dameneinzel im Internationalen Tennisturnier in Baden-Baden. Sieger im Herreneinzel wird der Spanier Manuel Santana.

Wetter

Wolken bedecken im August 1964 häufig den Himmel. Nur 173 Stunden, fast 40 Stunden weniger als üblich, scheint die Sonne. Dementsprechend niedrig ist die mittlere Lufttemperatur, die mit 16,0 °C mehr als 1 °C unter dem Durchschnitt liegt.

1965

Montag 2. August

Gesellschaft

Wald- und Flächenbrände an der französischen Riviera zwischen Toulon und St. Tropez fordern zwei Todesopfer und zwölf Verletzte.

Kultur

Erstmals erscheinen Werke von deutschen Autoren der »Gruppe 47« in ungarischer Sprache. Es handelt sich um Heinrich Bölls Erzählungen »Dr. Murkes gesammeltes Schweigen« und Paul Schallücks Roman »Engelbert Reinecke«.

Politik

Die britische Regierung verordnet eine drastische Senkung der Zahl jährlicher Arbeitsbewilligungen für farbige Einwanderer aus Commonwealth-Staaten.

Wetter

Überdurchschnittlich lange läßt sich im August 1965 die Sonne sehen. Statistiker messen, daß sie 242 Stunden scheint, 30 Stunden länger als der langjährige Mittelwert angibt. Im Monatsmittel fällt nur halb so viel Regen wie gewöhnlich.

Preise in den 60er Jahren

1 kg Butter	7,58
1 kg Mehl	1,06
1 kg Fleisch	7,91
1 l Vollmilch	0,50
1 Ei	0,21
10 kg Kartoffeln	2,88
1 kg Kaffee	16,61
Stundenlohn	4,15

in DM, Stand 1964

Dienstag 2. August

Politik

Gerüchte von einem Wechsel an der Regierungsspitze der UdSSR bestätigen sich nicht. Im Gegenteil: Der sowjetische Ministerpräsident Alexei N. Kossygin wird in Moskau für weitere vier Jahre in seinem Amt bestätigt.

Gesellschaft

Die wilde Schießerei eines Amokläufers kostet in Austin (US-Bundesstaat Texas) 14 Menschen das Leben. Der 24jährige Architekturstudent Charles Joseph Whitman tötet zunächst seine Frau und seine Mutter und verbarrikadiert sich anschließend auf dem Turm der Universität.

Politik

Nach dem Absturz ihres 39. Mirage-Flugzeugs erläßt die australische Luftwaffe ein Startverbot für den Überschalljäger. Erst wenn alle Maschinen überprüft sind, dürfen die Mirage wieder fliegen.

Wetter

Ein kühler, regenreicher August 1966 beschert den Menschen nur selten ungetrübte Freude an sommerlichen Vergnügungen. Die Temperatur erreicht im Monatsmittel 16,7 °C. (Mittelwert: 17,2 °C).

Mittwoch 2. August

Sport

Der Weltfußball-Verband FIFA bestimmt, daß eine Fußballmannschaft nicht mehr nur aus elf, sondern aus maximal 16 Spielern bestehen darf, von denen bis zu 13 wechselnd während eines Spiels eingesetzt werden können. Damit setzt die FIFA dem Nachteil ein Ende, den die Mannschaft durch das Ausfallen eines Spielers bislang zu tragen hatte.

Politik

Das stillgelegte US-Schlachtschiff »New Jersey« wird mit einem Aufwand von umgerechnet über 100 Mio. DM wieder gefechtsfähig gemacht. Es soll in Vietnam eingesetzt werden.

Gesellschaft

Rund 900 000 uneheliche minderjährige Kinder hat das Statistische Bundesamt in Wiesbaden registriert. Das entspricht einem Anteil von 5% der Gesamtbevölkerung unter 21 Jahren.

Wetter

Badegäste können sich im August 1967 von der Sonne verwöhnen lassen. 214 Stunden beträgt in diesem Sommermonat die Sonnenscheindauer. Meteorologen registrieren 47 mm Niederschlag.

Freitag 2. August

Politik

Etwa 50 000 Studenten, viele Professoren und der Rektor der Universität von Mexiko-Stadt demonstrieren mit einem Protestmarsch gegen den Einsatz von Fallschirmjägern und Panzertruppen auf dem Universitätsgelände am 29. Juli. Die mexikanische Regierung wollte mit dieser Maßnahme der Studentenunruhen vor den Olympischen Spielen im Oktober Herr werden. Seit dem 26. Juli demonstrierten die Studenten mit Unterstützung ihrer Dozenten.

»Mini« heißt das Schlagwort der 60er – hier in Form eines Strickkleides

Gesellschaft

Erstmals bringt ein Flugzeug des Internationalen Roten Kreuzes Lebensmittel auf dem Luftweg in das Kriegsgebiet von Biafra.

Wetter

Herrliches Wetter lädt im August 1968 zu Spiel und Sport im Freien ein. Bei geringem Niederschlag von 29 mm (Durchschnitt: 68 mm) und einer Sonnenscheindauer von 221 Stunden können Erwachsene und Kinder den Hochsommer in vollen Zügen genießen. Die mittlere Lufttemperatur liegt bei überdurchschnittlichen 18,3 °C.

Samstag 2. August

Politik

Als politische Sensation wird der zweitägige Besuch von US-Präsident Richard M. Nixon in Rumänien gewertet. Damit reist erstmals seit der Konferenz von Jalta 1945 ein US-Präsident in ein kommunistisches Land. Allerdings geht Rumänien unter Staats- und Parteichef Nicolae Ceauşescu innerhalb des Ostblocks einen Sonderweg.

Kurzer Mantel mit Schlaghose: Auch in die Männermode kommt Bewegung

Gesellschaft

Zum vorläufig letzten Mal strahlt die ARD die populäre Quizsendung »Einer wird gewinnen« mit Hans-Joachim Kulenkampff aus.

Sport

Die deutschen Mehrkampfmeisterschaften der Leichtathletik finden in Hannover statt. Im Zehnkampf siegt Hans-Joachim Walde (7956 Punkte).

Wetter

Bei warmen Temperaturen sollten Spaziergänger im August 1969 den Regenschirm nicht vergessen. Die mittlere Temperatur liegt bei 17,3 °C.

1970-1979

Highlights des Jahrzehnts

1970

- Neue deutsche Ostpolitik: Moskauer und Warschauer Vertrag
- Vietnamkrieg weitet sich auf Kambodscha aus
- Einstellung des Contergan-Prozesses

1971

- Einführung des Frauenwahlrechts in der Schweiz
- Friedensnobelpreis für Willy Brandt
- Hot pants – Modeschlager der Saison
- Kinohit »Love Story« rührt Millionen Zuschauer zu Tränen

1972

- Unterzeichnung des Rüstungskontrollabkommens SALT I
- Verhaftung von Baader-Meinhof-Terroristen
- Überfall palästinensischer Terroristen auf die israelische Mannschaft bei den Olympischen Spielen in München
- Unterzeichnung des Grundvertrages zwischen Bundesrepublik und DDR

1973

- Aufnahme beider deutscher Staaten in die UNO
- USA ziehen ihre Truppen aus Vietnam zurück
- Jom-Kippur-Krieg in Nahost
- Ölkrise: Sonntagsfahrverbot auf bundesdeutschen Straßen

1974

- Guillaume-Affäre stürzt Willy Brandt, neuer Bundeskanzler wird Helmut Schmidt
- Watergate-Affäre zwingt US-Präsident Nixon zum Rücktritt
- Deutschland wird Fußballweltmeister
- »Nelkenrevolution« in Portugal

1975

- Beginn des Bürgerkriegs im Libanon
- Unterzeichnung der KSZE-Schlußakte in Helsinki
- Spanien: Tod Francos und demokratische Reformen unter König Juan Carlos I.
- Einweihung des 3 km langen Elbtunnels in Hamburg
- Volljährigkeit von 21 auf 18 Jahre herabgesetzt

1976

- Umweltkatastrophe in Seveso
- Anschnallpflicht für Autofahrer
- Traumhochzeit des Jahres: Karl XVI. Gustav von Schweden heiratet die Deutsche Silvia Sommerlath

1977

- Entführung und Ermordung des Arbeitgeberpräsidenten Hanns Martin Schleyer
- Emanzipationswelle: Frauenzeitschrift »Emma« erscheint

1978

- Friedensverhandlungen zwischen Israel und Ägypten in Camp David
- In England kommt das erste Retortenbaby zur Welt

1979

- Überfall der Sowjetunion auf Afghanistan
- Schiitenführer Khomeini proklamiert im Iran die Islamische Republik
- Sandinistische Revolution beendet Somoza-Diktatur in Nicaragua

◀ **Martina Navratilova gewinnt neunmal in Wimbledon, zuerst 1978**

Sonntag 2. August

Gesellschaft

Frauen der katholischen Bevölkerungsminderheit in Nordirland organisieren eine Großdemonstration in Belfast, um ihrer Empörung über die Brutalität der britischen Streitkräfte, die während der zahlreichen Straßenkämpfe zwischen Protestanten und Katholiken eingesetzt wurden, Ausdruck zu verleihen. Auf Transparenten werden die britischen Soldaten mit der deutschen SS verglichen.

Sport

Durch seinen Sieg beim 32. Großen Automobil-Preis von Deutschland, der erstmals auf dem Hockenheim-Ring ausgetragen wird, kann der österreichische Rennfahrer Jochen Rindt seinen Vorsprung in der Formel-I-Weltmeisterschaft auf 20 Punkte ausbauen. Rindt gewinnt seinen vierten Grand Prix hintereinander. In der WM-Wertung führt er mit 45 Punkten vor Jack Brabham.

Wetter

Eisdielen haben im August 1970 Hochkonjunktur. Die Temperaturen betragen im Schnitt 18,0 °C, fast 1 °C mehr als gewöhnlich. Auch die Sonne scheint mit 228 Stunden länger als die Statistiker für diesen Monat ermittelt haben. Leider liegt auch die Regenmenge von 74 mm über dem Mittelwert.

Montag 2. August

Politik

Auf der Krim findet eine überraschend einberufene Gipfelkonferenz sieben kommunistischer Staaten statt. Nach Angaben des SED-Zentralorgans »Neues Deutschland« sei die Frage einer gesamteuropäischen Konferenz über Sicherheit in Europa behandelt worden.

Gesellschaft

Ein neues politisches Magazin soll im Zweiten Deutschen Fernsehen ausgestrahlt werden. »Kennzeichen D« läuft ab September.

Das erste Luftkissenfahrzeug auf Schienen, der High Speed Passenger Train Vickers RTV 31, wird auf der Teststrecke in Earith erprobt.

Politik

Die sudanesische Regierung weist den sowjetischen und bulgarischen Geschäftsträger in Khartum aus. Der Staatschef des Sudan, Dschafar Muhammad An Numairi, macht die Kommunistische Partei des Sudan für einen Putsch am 19. Juli verantwortlich.

Wetter

Trocken, heiß und sonnig: Der August 1971 ist ein traumhafter Sommermonat. Die Temperatur liegt im Durchschnitt bei fast 20 °C (Mittelwert: 17,2 °C).

Mittwoch 2. August

Politik

Die Absicht zur schrittweisen Verschmelzung ihrer beiden Staaten geben im Anschluß an ihre Konferenz in Bengasi in Libyen der ägyptische Präsident Muhammad Anwar As-Sadat und der libysche Vorsitzende des Revolutionsrates, Moamar al-Gaddhafi bekannt. Die nötigen Schritte sollen bis zum 1. September 1973 vollzogen werden. Die propagierte Fusion kommt für viele Beobachter überraschend - und scheitert schließlich innerhalb der vereinbarten Probezeit von 13 Monaten.

Gesellschaft

Gewerkschaften und Industrie in Großbritannien einigen sich auf die Einrichtung eines von der Regierung unabhängigen Schlichtungs- und Beratungsdienstes. Eine entsprechende Absichtserklärung wird in der britischen Hauptstadt London vom Generalsekretär des Gewerkschaftsbundes TUC, Victor Feather, und dem Generaldirektor der Konföderation der Britischen Industrie (CBI), Campbell Adamson, unterzeichnet.

Wetter

Kühl und etwas regnerisch ist der August 1972. Die mittlere Lufttemperatur liegt mit 16,3 °C rd. 1 °C unter dem langjährigen Mittelwert.

Donnerstag 2. August

Politik

Nach »sorgfältiger Prüfung« weist die Bundesregierung Vorwürfe wegen illegaler Abhörpraktiken des Geheimdienstes der US-Armee als »unbegründet« zurück.

Gesellschaft

Die britische Königin Elisabeth II. eröffnet in Ottawa die 19. Commonwealth-Konferenz. Die 32 Mitgliedsstaaten appellieren an alle Länder, über die Einstellung von Kernwaffenversuchen zu verhandeln.

Politik

Neun Tage lang wurde im libanesischen Parlament heftig debattiert. Nun sprechen die Abgeordneten der Regierung das Vertrauen aus.

Rekorde in den 70er Jahren

100 m: Marlies Göhr (GDR) – 10,88 sec (1977)
Hochsprung: Rosemarie Ackermann (GDR) – 2,00 m (1977)
Weitsprung: Vilma Bardauskiene (URS) – 7,09 m (1978)
800 m: S. Coe (GBR) – 1:42,4 min (1979)

Wetter

Als trockener und sonniger Sommermonat entpuppt sich der August 1973. Schwimmbäder sind bei geringem Niederschlag von nur 31 mm und einer Sonnenscheindauer von 280 Stunden (Durchschnitt: 212 Stunden) beliebte Aufenthaltsorte.

Freitag 2. August

Politik

Nach Verlautbarungen der japanischen Regierung in Tokio hat die Exportrate des Landes mit 5,7 Mrd. US-Dollar (14,8 Mrd. DM) im Juli eine neue Rekordhöhe erreicht. Im Vergleich zum selben Monat des Vorjahres nahm die Warenausfuhr um 61% zu. Die Handelsliste wird von Autos und technischen und elektronischen Gütern angeführt. Andererseits beklagt Japan das höchste Zahlungsbilanzdefizit aller Zeiten. Wirtschaftsexperten führen dies vor allem darauf zurück, daß Kunden 1973 längerfristig angelegtes Kapital in Höhe von 9,5 Mrd. US-Dollar von japanischen Banken abzogen.

Kultur

Anläßlich des 75. Geburtstags des britischen Regisseurs Alfred Hitchcock am 13. August zeigt das Zweite Deutsche Fernsehen (ZDF) den im Jahr 1943 gedrehten Propaganda-Film »Lifeboat« (»Das Rettungsboot«) als deutsche Erstaufführung.

Wetter

Den Regenschirm sollten Spaziergänger und Ausflügler im August 1974 nicht vergessen. Es fallen immerhin 87 mm Niederschlag, fast 20 mm mehr als üblich. Die Temperatur liegt mit 17,9 °C leicht über dem langjährigen Mittelwert von 17,2 °C.

Samstag 2. August

Politik

Vertreter aus 25 lateinamerikanischen Staaten gründen in Panama die Wirtschaftsgemeinschaft Sistema Economico Latinoamericano (SELA). Sie hat das Ziel, unabhängig von den USA gemeinsame Unternehmen zur besseren Nutzung der Ressourcen und zur Hebung des Lebensstandards zu schaffen.

Kultur

Die August-Ausgabe der Zeitschrift »Konkret« veröffentlicht einen Bericht über den Baader-Meinhof-Prozeß, der nach Ansicht vieler Menschen unnötig verschleppt wird. Die Verteidiger sehen es dagegen als ihre Pflicht an, alles zu tun, um ihren Mandanten zu einem fairen Verfahren zu verhelfen.

Preise in den 70er Jahren

1 kg Butter	8,36
1 kg Mehl	1,16
1 kg Fleisch	10,15
1 l Vollmilch	1,06
1 Ei	0,22
10 kg Kartoffeln	6,44
1 kg Zucker	1,65
Stundenlohn	10,40

in DM, Stand 1975

Wetter

Ein herrlich warmer Sommermonat lockt im August 1975 die Menschen ins Freie. Fast 20 °C erreicht die Temperatur im Monatsmittel. Die Sonne scheint 68 Stunden länger als gewöhnlich. Abkühlung bringt ab und zu ein Regenschauer. Die Niederschlagsmenge liegt mit 85 mm über dem Mittelwert.

Montag 2. August

Politik

Ausgestellte Hosen und viel Schmuck trägt die moderne Frau in den 70er Jahren

Der portugiesische Ministerpräsident Mario Soares gibt in Lissabon seine Regierungserklärung ab, nachdem er am 23. Juli als neuer Vorsitzender der Sozialistischen Partei (SP) vereidigt wurde. Im Mittelpunkt seiner Politik soll die Demokratisierung des Landes sowie die Überwindung der Wirtschaftskrise stehen.

Gesellschaft

Niki Lauda ringt um sein Leben: Der 27jährige österreichische Automobil-Rennfahrer verunglückte am Vortag beim Großen Preis von Deutschland auf der Nordschleife des Nürburgrings. Sein schwerer Unfall beherrscht tagelang die Schlagzeilen der Boulevard-Zeitungen.

Wetter

Der Sonnenschirm bietet im August 1976 den notwendigen Schutz. 231 Stunden steht die Sonne am Himmel, fast 20 Stunden mehr als üblich. Trotzdem liegt die mittlere Lufttemperatur in diesen Sommertagen mit 17,1 °C leicht unter dem langjährig registrierten Mittelwert von 17,2 °C.

Dienstag 2. August

Politik

Mehr als 100 Menschenleben fordern Kämpfe in Südangola, bei denen sich Regierungstruppen und Rebellen der prowestlichen UNITA-Bewegung gegenüberstehen. Die UNITA ist eine rechtsgerichtete politisch-militärische Partei in Angola, die seit 1975/76 die Machtübernahme der marxistisch orientierten und vom kommunistischen Ostblock unterstützten MPLA bekämpft. Erst 1991 wird ein Friedensvertrag zwischen den beiden Parteien unterzeichnet. 1992 kommt es in dem afrikanischen Land zu freien Wahlen.

Voll im Zeitgeschmack: Der Midimantel mit aufgesetzten Taschen für kalte Winter

Gesellschaft

Der Ökumenische Rat der Kirchen beschließt in der schweizerischen Stadt Genf, gemeinsam mit 93 kirchlichen Organisationen eine Bank zur Vergabe von Krediten an Entwicklungsländer zu gründen.

Wetter

Bei einem Ausflug im August 1977 sollte der Regenschirm nicht vergessen werden. 91 mm Niederschlag fällt in diesem Sommermonat, 23 mm mehr als gewöhnlich. Die Sonne scheint 189 Stunden.

Mittwoch 2. August

Gesellschaft

Weltweite Schlagzeilen ruft die Hochzeit von Christina Onassis und Sergei Kausow hervor, die sich am Tag zuvor das Ja-Wort gegeben haben. Die Heirat zwischen der auf ein Vermögen von rund 2 Mrd. DM geschätzten wohl reichsten Frau der Welt und einem sowjetrussischen Kommunisten wird skeptisch beäugt. Nicht wenige vermuten, Kausow sei ein Agent, der dem KGB den Zugriff auf das Onassis-Vermögen sichern soll. Für die Tochter des verstorbenen griechischen Reeders Aristoteles Onassis ist dies die dritte Heirat.

Stars der 70er Jahre

Robert de Niro
Filmschauspieler
Jane Fonda
Filmschauspielerin
Woody Allen
Filmregisseur
Steven Spielberg
Filmregisseur
Muhammad Ali
Boxer

Politik

Für die Förderung von Sport und Leibesübungen stellt die Bundesregierung im Jahr 1978 insgesamt 250 Mio. DM zur Verfügung.

Wetter

Wolken bedecken im August 1978 überdurchschnittlich lange den Himmel. Die Sonne läßt sich nur 190 Stunden sehen und bleibt damit 22 Stunden unter dem langjährigen Mittelwert. Die Niederschlagsmenge liegt bei insgesamt 69 mm.

Donnerstag 2. August

Politik

Der bayerische Ministerpräsident Franz Josef Strauß (CSU) und die CSU-Landtagsfraktion beenden einen dreitägigen Aufenthalt in Ungarn, der ersten Reise dieser Art in ein sozialistisches Land.

Gesellschaft

Statt »Lahn« wieder Gießen und Wetzlar: Nach nur zweieinhalbjähriger Dauer wird die Zusammenlegung der hessischen Städte Gießen und Wetzlar zur Großgemeinde Lahn rückgängig gemacht. Ministerpräsident Holger Börner (SPD) löst damit ein Versprechen ein, mit dem er im Oktober 1978 in den Landtagswahlkampf gezogen war: Den »Lahn-Wahn« seines Amtsvorgängers Albert Osswald (SPD) zu beenden. Mit dem Inkrafttreten eines am 10. Juli erlassenen Landesgesetzes endet ein Streit, der seit Zusammenlegung der beiden Städte die Gemüter von Bürgern und Politikern erhitzt hatte.

Wetter

Regenarm und sonnig - der August 1979 zeigt sich von seiner schönen Seite und lädt zu Ausflügen und Spaziergängen ein. Die Meteorologen messen 45 mm Niederschlag, 23 mm weniger als der langjährige Mittelwert angibt. Die Sonnenscheindauer beträgt 218 Stunden, sechs Stunden mehr als üblich.

1980–1989

Highlights des Jahrzehnts

1980

- Golfkrieg zwischen Iran und Irak
- Gründung einer neuen Bundespartei: »Die Grünen«
- Bildung der polnischen Gewerkschaft »Solidarność«

1981

- Attentate auf US-Präsident Ronald Reagan, den Papst und Ägyptens Staatschef Anwar As Sadat
- Erster Start der wiederverwendbaren Raumfähre »Columbia«
- In den USA werden die ersten Fälle von AIDS bekannt
- Hochzeit des Jahres: Der britische Thronfolger Charles, Prince of Wales, heiratet Lady Diana

1982

- Krieg um die Falkland-Inseln
- Sozialliberale Koalition bricht auseinander; Helmut Kohl wird neuer Bundeskanzler
- Selbstjustiz vor Gericht: der »Fall Bachmeier«
- »E. T. – der Außerirdische« wird zum Kinohit

1983

- US-Invasion auf Grenada
- Skandal um gefälschte Hitler-Tagebücher
- Aerobic wird in der Bundesrepublik populär

1984

- Richard von Weizsäcker wird Bundespräsident
- Ermordung von Indiens Ministerpräsidentin Indira Gandhi, Nachfolger wird ihr Sohn Rajiv Gandhi

1985

- Michail Gorbatschow wird neuer Kremlchef
- Sensation: Boris Becker siegt als erster Deutscher in Wimbledon
- »Live-Aid-Concert« für Afrika

1986

- Attentat auf Schwedens Ministerpräsident Olof Palme
- Katastrophe im Kernkraftwerk Tschernobyl
- Explosion der US-Raumfähre »Challenger«
- Premiere des Musicals »Cats« in Hamburg

1987

- Widerstand gegen Volkszählung
- Barschel-Affäre in Kiel
- Matthias Rust landet mit einem Sportflugzeug auf dem Roten Platz in Moskau

1988

- Atommüllskandal in Hessen
- Ende des Golfkriegs
- Geiseldrama von Gladbeck als Medienspektakel
- Dopingskandal überschattet Olympische Spiele in Seoul
- Reagan und Gorbatschow vereinbaren Verschrottung atomarer Mittelstreckenraketen

1989

- Die DDR öffnet ihre Grenzen
- Blutbad auf dem Platz des Himmlischen Friedens in Peking
- Demokratisierungskurs im gesamten Ostblock
- »Exxon Valdez«: Ölpest vor Alaska

◄ **Seit 1983 ganz oben: Das »Material Girl« Madonna**

Samstag 2. August

Politik

Bei einem vermutlich von Neofaschisten verübten Bombenanschlag auf den Bahnhof von Bologna sterben 84 Menschen.

Sport

Der Kubaner Teofilo Stevenson wird als erster Boxer zum dritten Mal in Folge Olympiasieger. Kubas Boxer gewinnen in Moskau zehn Medaillen.

Sport

Vier französische Sportler überreichen in Moskau einem Delegierten des Organisationskomitees für die Olympischen Spiele eine Erklärung zur Einhaltung der Menschenrechte. Sie fordern die Sowjetunion auf, nicht in andere Länder zu intervenieren und Personen freizulassen, die wegen ihrer Meinungen und Überzeugungen im Gefängnis sitzen.

Wetter

Strickjacke und Regenschirm sollten bei einem Ausflug im August 1980 nicht fehlen. Die mittlere Lufttemperatur beträgt nur 16,6 °C, die Niederschlagsmenge liegt mit 84 mm über dem monatlichen Durchschnitt. 200 Stunden scheint die Sonne, insgesamt zwölf Stunden weniger als üblich.

1981

Sonntag 2. August

Sport

In Hockenheim gewinnt der brasilianische Rennfahrer Nelson Piquet den »Großen Preis von Deutschland« in der Formel I.

Sport

Bernhard Langer aus Anhausen bei Augsburg siegt in Hamburg zum erstenmal bei der offenen deutschen Golf-Meisterschaft. Er gewinnt vor dem Briten Tony Jacklin.

Preise in den 80er Jahren

1 kg Butter	9,44
1 kg Mehl	1,36
1 kg Fleisch	11,83
1 l Vollmilch	1,22
1 Ei	0,26
10 kg Kartoffeln	8,84
1 kg Zucker	1,94
Stundenlohn	17,23
in DM, Stand 1985	

Politik

In Spanien wird ein Abkommen zwischen der Regierungspartei UCD und der »Spanischen Sozialistischen Arbeiterpartei« (PSOE) über die Autonomiepolitik - Umwandlung Spaniens in einen föderalistischen Staat - ratifiziert.

Wetter

Kühl und bewölkt präsentiert sich der August 1981. Die Temperatur bleibt mit durchschnittlichen 16,5 °C deutlich unter dem langjährigen Mittelwert von 17,9 °C. Die Sonne scheint nur 174 Stunden.

Montag 2. August

Sport

Bei den Schwimm-Weltmeisterschaften in Guayaquil (Ecuador) gewinnt der 18jährige Michael Groß die erste von insgesamt fünf Medaillen.

Gesellschaft

Dänemark, Norwegen und Schweden nehmen ihre diplomatischen Beziehungen zum Vatikan wieder auf. Diese waren vor über 400 Jahren abgebrochen worden, als die damaligen skandinavischen Herrscher der protestantischen Kirche beitraten.

Politik

Die britische Regierung verbietet den am europäischen Erdgas-Röhren-Geschäft beteiligten britischen Firmen ausdrücklich, das im Juni von den USA gegen die UdSSR verhängt Technologie-Embargo zu befolgen.

Wetter

Freibäder haben Hochkonjunktur im August 1982. Bei einer mittleren Temperatur von 18,5 °C tummeln sich in ganz Deutschland die »Wasserratten« in den Schwimmbecken. Meteorologen messen nur 46 mm Niederschlag. Die Sonne scheint mit 227 Stunden überdurchschnittlich lange.

Dienstag 2. August

Politik

Die Militärregierung in Uruguay untersagt den drei bürgerlichen Oppositionsparteien jegliche politische Betätigung. Sie begründet ihren Schritt damit, daß die Opposition die Bevölkerung gegen die Regierung aufhetze, obwohl diese für Demokratie in Uruguay eintrete.

Politik

In einem Abkommen zur »Südasiatischen Regionalen Zusammenarbeit« (SARC) verständigen sich in Neu-Delhi sieben Staaten des indischen Subkontinents erstmals über eine begrenzte Kooperation auf den Gebieten Landwirtschaft, Fernmeldewesen und Transport. Unterzeichnerstaaten sind Indien, Pakistan, Bangladesch, Sri Lanka, Bhutan, Nepal und die Malediven.

Rekorde in den 80er Jahren

1500 m: S. Aouita (MAR) – 3:29,46 min (1985)
Stabhochsprung: Sergej Bubka (URS) – 6,00 m (1985)
100 m: Florence Griffith (USA) – 10,49 sec (1988)
Hochsprung: Javier Sotomayor (CUB) – 2,44 m (1989)

Wetter

Ein sonnig-warmes Sommerwetter beschert den Eisdielen im August 1983 einen kräftigen Umsatz. 254 Stunden (Durchschnitt: 212 Stunden) brennt die Sonne vom Himmel. Die mittlere Lufttemperatur erreicht 18,6 °C. Es regnet 69 mm.

Donnerstag 2. August

Politik

Die »UNIDO IV« wird vom österreichischen Bundespräsident Rudolf Kirchschläger in der Wiener Hofburg eröffnet. UNO-Generalsekretär Pérez de Cuéllar weist zu Beginn der vierten Generalkonferenz der UNO-Organisation für industrielle Entwicklung darauf hin, daß das vorgesehene Wachstum in den Ländern der Dritten Welt nicht erreicht würde. Er fordert die Industrieländer deshalb zu einem verstärkten Engagement auf und drängt auf eine Lösung der Schuldenfrage. Wirksamere Maßnahmen werden von den Teilnehmern auf der bis 18. August dauernden Tagung in dieser Frage allerdings nicht beschlossen.

Politik

48 Stunden nach der Entführung eines französischen Passagierflugzeugs in Paris ergeben sich die drei libanesischen Luftpiraten auf dem Flughafen von Teheran, nachdem sie zuvor ihre Geiseln freigelassen und das Cockpit gesprengt hatten.

Wetter

Herrlich warm und niederschlagsarm ist der August 1984. Die mittlere Temperatur beträgt 18,1 °C, fast 1 °C mehr als im Schnitt. 242 Stunden steht die Sonne am Himmel. 43 mm Niederschlag fallen.

Freitag 2. August

Politik

In Turin einigen sich die Bundesrepublik Deutschland, Großbritannien und Italien auf die Entwicklung eines europäischen Jagdflugzeugs (»Jäger 90«). Frankreich und Spanien sollen innerhalb von zwei Wochen über eine Teilnahme entscheiden. Der »Jäger 90« soll in mindestens 650 Exemplaren gebaut werden, wovon Großbritannien und die Bundesrepublik jeweils 250 Maschinen abnehmen wollen.

Technik

Bei Absturz eines US-amerikanischen Großraumflugzeugs sterben in Dallas (Texas) 134 Menschen.

Wetter

Ein milder Sommermonat mit leicht unterdurchschnittlichen Wetterdaten ist der August 1985. Die mittlere Temperatur beträgt 16,9 °C und damit 0,3 °C weniger als üblich. 60 mm Regen messen die Meteorologen an den Wetterstationen. Die Sonne läßt sich in diesen August-Tagen lediglich 205 Stunden am Himmel sehen, sieben Stunden weniger als der Mittelwert für diesen Hochsommermonat angibt.

Stars der 80er Jahre

Richard Gere
Filmschauspieler
Madonna
Sängerin
Harrison Ford
Filmschauspieler
Jodie Foster
Filmschauspielerin
Michael Jackson
Sänger

Samstag 2. August

Sport

Die US-Amerikanerin Jackie Joyner stellt in Houston (Texas) mit 7151 Punkten einen Weltrekord im Siebenkampf auf. Mit ihrem Trainer und Ehemann Bob Kersee, ihrem Bruder Al Joyner (Olympiasieger im Dreisprung 1984) und dessen Ehefrau, der Sprinterin Florence Griffith-Joyner bildet sie eine bekannte und erfolgreiche Sportlerfamilie.

Politik

Das irische Pfund wird gegenüber den Währungen des Europäischen Währungssystems (EWS) um 8% abgewertet. Damit soll die Wettbewerbsposition Irlands gegenüber Großbritannien verbessert werden. Rund ein Drittel der irischen Exporte geht nach Großbritannien, während Irland einen noch größeren Teil von dort bezieht und somit besonders vom Kursverfall des nicht in das EWS eingebundenen britischen Pfundes betroffen ist.

Wetter

Angenehme Temperaturen laden im August 1986 zu Spaziergängen und Wanderungen ein. Das Thermometer klettert auf relativ hohe Werte, die im Durchschnitt 17,2 °C ergeben. Mit 51 mm Regen fällt weniger Niederschlag als gewöhnlich. Die Regenkleidung kann getrost im Schrank bleiben.

Sonntag 2. August

Politik

Die Stadt Schnackenburg veröffentlicht eine Erklärung, in der die Elbe in ihrer gesamten Breite als Hoheitsgebiet der Bundesrepublik Deutschland bezeichnet wird. Zuvor hatte die DDR-Regierung gefordert, zwischen den Städten Schnackenburg und Lauenburg die Flußmitte als deutsch-deutsche Grenze anzuerkennen.

Technik

Nach Angaben des Vereins Deutscher Maschinen- und Anlagenbau hat der bundesdeutsche Maschinenbau erstmals seit 1980 wieder die Führungsposition auf dem Weltmarkt inne. Sein Anteil liegt zur Zeit bei 23% (USA 19%, Japan 18%).

Sport

Die deutschen Damen gewinnen in Calgary (Kanada) durch einen 2:1-Sieg über Titelverteidiger USA den Federation-Cup, die inoffizielle Mannschaftsweltmeisterschaft der Damen im Tennis.

Wetter

Eher kühl ist der August 1987. Nur 149 Stunden scheint die Sonne, fast 70 Stunden weniger als üblich. Die mittlere Temperatur liegt bei 15,7 °C.

Dienstag 2. August

Kultur

Im Rahmen der Salzburger Festspiele kommen die »Sieben Gesänge der Salome« für Sopran und Orchester des italienischen Komponisten Hubert Stuppner zur Uraufführung.

Technik

Auffällig unauffällig: So stellt sich die lässige Frau der 80er ihre Mode zusammen

Eine bulgarische Verkehrsmaschine stürzt kurz nach dem Start vom Flughafen Sofia ab. Bei dem Unglück sterben 23 Personen.

Politik

Bei Geheimverhandlungen über die Krisenregion Angola/Namibia in Genf erklärt die südafrikanische Delegation ihre Bereitschaft zum Truppenabzug aus Angola. Bedingung sei der gleichzeitige Abzug der rd. 50 000 kubanischen Soldaten.

Wetter

Kaum Niederschlag beschert der August 1988 den Urlaubern. Nur 22 mm Regen fällt (Durchschnitt: 68 mm). Die Sonnenscheindauer liegt mit 219 Stunden leicht über dem Mittelwert von 212 Stunden.

Mittwoch 2. August

Politik

Der bisherige polnische Innenminister General Czeslaw Kiszszak wird vom polnischen Parlament, dem Sejm, mit 237 gegen 173 Stimmen zum Ministerpräsidenten gewählt. Sein Vorgänger Mieczyslaw Rakowski war nach dem Wahlsieg der oppositionellen Bürgerkomitees Solidarität zurüchgetreten.

Leger und bequem: Herrenmode im Oversize-Stil mit Jackenmantel

Gesellschaft

Neue Sitten bei Springer: Die Zeitungen und Zeitschriften des Axel Springer Verlags verzichten seit gestern für den Begriff »DDR« auf die Anführungszeichen. Auf Anweisung des inzwischen verstorbenen Verlegers und Konzerngründers Axel Springer sollten die »Tüttelchen« den provisorischen Charakter des sozialistischen deutschen Staats verdeutlichen.

Wetter

Ein relativ durchschnittlicher Sommermonat ist der August 1989. Im Schnitt liegt die Temperatur bei 17,5 °C, die Regenmenge beträgt 61 mm. Mit 220 Stunden scheint die Sonne etwas mehr als sonst.

INAUGURATION OF
PRESIDENT

1990–1996

Highlights des Jahrzehnts

1990

- Wiedervereinigung Deutschlands
- Südafrika: Nelson Mandela nach 27jähriger Haft freigelassen
- Irakische Truppen überfallen das Emirat Kuwait
- Gewerkschaftsführer Lech Walesa neuer polnischer Präsident
- Litauen erklärt Unabhängigkeit
- Deutsche Fußballnationalelf zum dritten Mal Weltmeister
- Star-Tenöre Carreras, Domingo und Pavarotti treten gemeinsam auf

1991

- Alliierte befreien Kuwait und beenden Golfkrieg
- Auflösung des Warschauer Pakts
- Bürgerkrieg in Jugoslawien
- Auflösung der Sowjetunion – Gründung der GUS
- Sensationeller archäologischer Fund: »Ötzi«
- Vertrag von Maastricht
- Sieben Oscars für Kevin Costners »Der mit dem Wolf tanzt«
- Bürgerkrieg in Somalia
- Frieden im Libanon

1992

- Abschaffung der Apartheid-Politik in Südafrika
- Entsendung von UNO-Blauhelmsoldaten nach Jugoslawien
- Tod des ehemaligen Bundeskanzlers Willy Brandt
- Bill Clinton zum 42. US-Präsidenten gewählt
- In Hamburg wird mit Maria Jepsen zum ersten Mal eine Frau Bischöfin
- Fertigstellung des Rhein-Main-Donau-Kanals

1993

- Teilung der ČSFR in die Tschechische und die Slowakische Republik
- Rechtsradikale Gewaltakte gegen Ausländer
- Gaza-Jericho-Abkommen zwischen Israel und der PLO
- Skandal um HIV-Blutplasma
- Einführung von fünfstelligen Postleitzahlen im Bundesgebiet
- Sexskandal um Pop-Star Michael Jackson

1994

- Nelson Mandela erster schwarzer Präsident Südafrikas
- Fertigstellung des Eurotunnels unter dem Ärmelkanal
- Über 900 Todesopfer beim Untergang der Fähre »Estonia«
- Abzug der letzten russischen Truppen aus Berlin
- Michael Schumacher erster deutscher Formel-1-Weltmeister

1995

- Weltweite Proteste gegen französische Atomversuche im Pazifik
- Giftgasanschlag in Tokio
- Einführung von Pflegeversicherung und Solidaritätszuschlag
- Verpackungskünstler Christo verhüllt den Berliner Reichstag
- Ermordung des israelischen Regierungschefs Yitzhak Rabin
- Friedensvertrag für Bosnien

1996

- Arafat gewinnt Wahlen in Palästina
- IRA kündigt Waffenstillstand auf
- 100 Jahre Olympia: Jubiläumsspiele der Superlative in Atlanta

◀ **Der Präsident spielt Saxophon: Bill Clinton feiert 1993 die Amtseinführung**

1990

Donnerstag 2. August

Politik

Irakische Truppen marschieren in das Nachbarland Kuwait ein und besetzen alle strategisch wichtigen Punkte. Am gleichen Tag verlangt der UNO-Sicherheitsrat bei Abwesenheit des Jemen einstimmig den umgehenden Rückzug. Auch die Arabische Liga wendet sich mit großer Mehrheit gegen den Einmarsch. Mehrere hundert Menschen fallen der Invasion zum Opfer.

Stars der 90er Jahre

Kevin Costner
Filmschauspieler
Julia Roberts
Filmschauspielerin
Whitney Houston
Sängerin
Michael Schumacher
Rennfahrer
Luciano Pavarotti
Sänger

Politik

Ärger um Wahlvertrag: Bundesinnenminister Wolfgang Schäuble und DDR-Staatssekretär Günter Krause unterzeichnen morgen den umstrittenen Wahlvertrag für die ersten gesamtdeutschen Wahlen, der Listenverbindungen unterschiedlicher Parteien ermöglicht. Nur die DSU, nicht aber die DDR-Bürgerrechtsbewegungen würden davon profitieren.

Wetter

Sonnenhungrige kommen im August 1990 auf ihre Kosten. Insgesamt 254 Stunden lang können sie die warmen Sonnenstrahlen genießen.

1991

Freitag 2. August

Gesellschaft

Von schweren Gewittern begleitete sintflutartige Regenfälle richten in Südostbayern bis zum 4. August Sachschäden in Millionenhöhe an. Mindestens fünf Menschen kommen ums Leben.

Politik

Mit dem Ziel, die Alleinherrschaft von Präsident Daniel Arap Moi zu beenden, schließen sich in Kenia zahlreiche Oppositionspolitiker zu einem Forum zur Wiederherstellung der Demokratie zusammen.

Politik

In Moskau beginnt der zweitägige Gründungskongreß der Demokratischen Partei der Kommunisten Rußlands. Sie ist aus der reformkommunistischen Bewegung um den russischen Vizepräsidenten Alexander Ruzkoj hervorgegangen.

Wetter

Freibäder haben im August 1991 Hochkonjunktur. Die mittlere Lufttemperatur liegt bei insgesamt 19,4 °C (Mittelwert: 18,2 °C).

Rekorde in den 90er Jahren

Weitsprung: Mike Powell (USA) – 8,95 m (1991)
110 m Hürden: Colin Jackson (USA) – 12,91 sec (1993)
Skifliegen: E. Bredesen (NOR) – 209 m (1994)
Dreisprung: J. Edwards (GBR) – 18,29 m (1995)

Sonntag 2. August

Politik

Die ersten demokratischen Parlaments- und Präsidentschaftswahlen finden in Kroatien statt. 57% der Wähler votieren für den bisherigen Präsidenten Franjo Tudjman.

Sport

Die XXV. Olympischen Sommerspiele finden in Barcelona statt. Sie dauern bis zum 9. August. IOC-Präsident Juan Antonio Samaranch dankt erstmals in der Geschichte von Olympia den Sponsoren für ihre Finanzhilfe. Trotz sportlicher Höchstleistungen und der sympathischen Selbstdarstellung Spaniens schritt die Kommerzialisierung der olympischen Bewegung weiter voran. Als erfolgreichstes Team geht mit 112 Medaillen die Gemeinschaft Unabhängiger Staaten (GUS) aus den Wettkämpfen hervor, gefolgt von den USA mit 108 und Deutschland mit 80 Medaillen. Für Höhepunkte aus deutscher Sicht sorgte u. a. der mitreißende 5000-m-Lauf, den der Schwabe Dieter Baumann auf den letzten Metern für sich entscheiden konnte.

Wetter

Ein schöner Sommermonat erfreut im August 1992 Spaziergänger und Ausflügler. 228 Stunden scheint die Sonne, elf Stunden länger als sonst.

1993

Montag 2. August

Politik

Die Finanzminister und die Notenbankpräsidenten der am Europäischen Währungssystem (EWS) beteiligten Länder einigen sich auf größere Schwankungsbreiten der Wechselkurse. Das im Jahr 1979 vereinbarte EWS, das stabile Wechselkurse zwischen den EG-Währungen bewirken soll, ist damit praktisch außer Kraft gesetzt, eine Verwirklichung der in den Beschlüssen von Maastricht vereinbarten Euro-Währung auf die lange Bank geschoben.

Preise in den 90er Jahren

1 kg Butter	8,20
1 kg Mehl	1,21
1 kg Fleisch	12,85
1 l Vollmilch	1,33
1 Ei	0,27
10 kg Kartoffeln	10,30
1 kg Zucker	1,92
Stundenlohn	24,91

in DM, Stand 1993

Technik

Der Stahlstandort Völklingen steht vor dem Aus. Die Saarstahl AG hat gestern 2150 der verbliebenen rd. 7200 Mitarbeiter gekündigt. Am 31. Juli wurde das Konkursverfahren eröffnet. Trotz des Konkurses läuft der Betrieb noch weiter.

Wetter

Relativ kühle Temperaturen bringt der August 1993. Die mittlere Lufttemperatur beträgt in diesem Hochsommermonat lediglich 16,9 °C. Normalerweise wird im Durchschnitt 18,2 °C erreicht.

Dienstag 2. August

Politik

Bundeskanzler Helmut Kohl (CDU) regt in einem Fernsehinterview die Einrichtung eines deutschen Hilfskorps für Katastropheneinsätze an. Dort sollten auch Zivildienstleistende Dienst tun können.

Politik

Auf dem Balkan spitzt sich der Konflikt zwischen Serben und Serben zu: Am 4. August bricht die Regierung von Rest-Jugoslawien die »politischen und wirtschaftlichen Beziehungen« zur selbsternannten Serbischen Republik in Bosnien-Herzegowina ab. Außer für Lebensmittel, Medikamente und Kleidung werden die Grenzen gesperrt. Der serbische Präsident Slobodan Milosević reagiert damit auf die Ablehnung des Bosnien-Friedensplans durch die bosnischen Serben.

Krawatte ist kein Muß mehr: Anzug mit zweireihigem Sakko

Wetter

Regnerisch, aber warm ist das Wetter im August 1994. Die Meteorologen messen 102 mm Regen, fast 40 mm mehr als gewöhnlich. Trotzdem werden 232 Sonnenstunden registriert (Durchschnitt: 219).

Mittwoch 2. August

Politik

Der russische Präsident Boris Jelzin löst die von Sergei Kowaljow geleitete russische Menschenrechtskommission auf. Kowaljow wurde durch sein konsequentes Eintreten für die Achtung der Menschenrechte in Rußland populär. Der Ukrainer gründete 1969 die »Initive zum Schutz der Menschenrechte in der Sowjetunion« und das Untergrundblatt »Chronika«. 1974 wurde Kowaljow verhaftet und Ende 1975 zu Haft und Verbannung verurteilt. Erst 1987 konnte er nach Moskau zurückkehren, wo er 1990 in den Obersten Sowjet und 1993 in die Staatsduma gewählt wurde.

Für die heißen Sommer der 90er Jahre: Kleid mit Bustieroberteil

Sport

Der Vater der deutschen Tennisspielerin Steffi Graf wird unter dem Verdacht der Steuerhinterziehung festgenommen.

Wetter

Herrlich warm und niederschlagsarm ist der August 1995. Die mittlere Lufttemperatur liegt mit 20,6 °C deutlich über dem Mittelwert von 18,2 °C.

Freitag 2. August

Samstag 2. August

Sonntag 2. August

Myrna Loy

***2.8.1903, Raidersburg/Montana (USA)**

Filmgeschichte schrieb Myrna Loy, die in den 30er Jahren zu den populärsten Darstellerinnen des US-Films zählte, durch eine gewagte Nacktbadeszene. In dem Film »Liebeslied der Wüste« (1933) aalt sie sich als Ägypten-Touristin in einer mit Blüten getränkten Badewanne. In den 30er Jahren bereicherte sie an der Seite von Film-Ehemann William Powell den Detektivfilm um eine humorige Ehepaar-Variante. In »Mordsache dünner Mann« (1934) spielte Loy, die 1993 starb, eine reiche Gattin, die ihren Ehemann bei der Mördersuche unterstützt.

Donnerstag 2. August

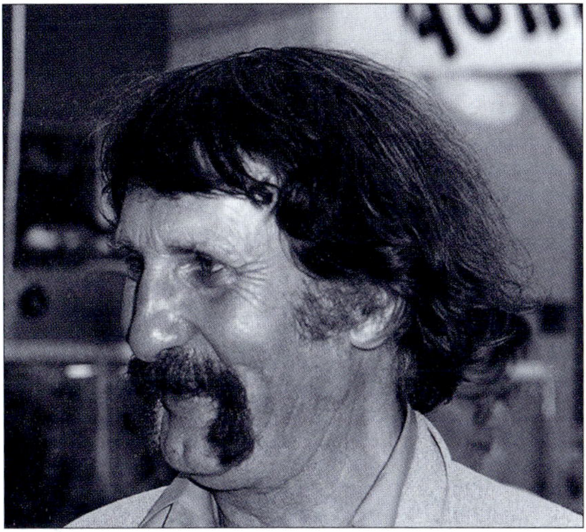

Luigi Colani

***2.8.1928, Berlin**

Der eigenwillige Designer, der für seine organisch geschwungenen Entwürfe bekannt ist, gestaltete u. a. kleine Gegenstände des täglichen Bedarfs wie Uhren und Kloschüsseln, aber auch Autos und Schiffe. 1985 wurde das von ihm geformte Propellerflugzeug »Pontressina« vorgestellt, das durch hervorragende Aerodynamik die Geschwindigkeit eines Düsenflugzeugs erreicht. In den letzten Jahren widmete sich Colani einem den natürlichen Gegebenheiten angepaßten sog. Bio-Design. Colani unterhält Büros in Panama, Japan, Frankreich und der Schweiz.

Sonntag 2. August

Isabel Allende

***2.8.1942, Lima (Peru)**

Die Nichte des 1973 gestürzten chilenischen Präsidenten Salvador Allende landete mit ihrem ersten Roman »Das Geisterhaus« (1982) einen Welterfolg. Sie erzählt darin mit bewegendem Farbenreichtum die Geschichte einer chilenischen Familie über mehrere Generationen bis in die Tage der Militärdiktatur Pinochets. Im venezolanischen Exil (1973-88) verfaßte die Journalistin weitere Bestseller, wie »Von Liebe und Schatten« (1984) und »Eva Luna« (1986), in denen sie autobiographische Elemente mit ihrer emanzipatorischen Weltsicht verknüpft.

Mittwoch 2. August

Mathieu Carrière

***2.8.1950, Hannover**

Der vielseitige und mehrsprachig arbeitende Schauspieler, der in Paris und New York lebte, debütierte als Halbwüchsiger in der Titelrolle von Volker Schlöndorffs subtil-psychologischer Gewaltstudie »Der junge Törless« (1965) nach dem Roman von Robert Musil. 1974 trat er als Transvestit mit einer Parodie auf Hamlet und Joseph Goebbels im Pariser Alcazar auf. Einen internationalen Filmerfolg feierte Carrière, dem man erotische Ausstrahlung nachsagt, in dem Streifen »Die flambierte Frau« (1983) an der Seite von Gudrun Landgrebe.

Freitag 2. August

Stefan Effenberg

***2.8.1968, Hamburg**

Als »Mann mit dem berühmtesten Mittelfinger Deutschlands« mußte der Mittelfeldspieler 1994 vorzeitig das Quartier der deutschen Nationalmannschaft bei der Weltmeisterschaft in den USA verlassen. Eine unfaire Geste gegenüber dem Publikum nach einer Auswechslung hatte den Fußballer bei Bundestrainer Berti Vogts ins Aus manövriert. Nach Stationen beim FC Bayern München und dem italienischen Klub FC Florenz war Effenberg 1995 wieder zu Borussia Mönchengladbach zurückgekehrt, wo 1987 seine Bundesliga-Karriere begann.

Impressum

Autoren:	Johannes Ebert, Andreas Schmid
Redaktion:	txt redaktionsbüro ebert & schmid, Lünen
Bildredaktion:	Sonja Rudowicz
Umschlaggestaltung und Layout:	Pro Design, München
Satz:	Druck & Litho Reichenberg GmbH, Bocholt
Druck:	Brepols, Turnhout

Abbildungsnachweis: Cinetext, Frankfurt: 131; Horstmüller, Düsseldorf: 132; Interfoto, München: 128; IVB-Report, Kappelrodeck: 129; Public Address, Hamburg: 130.
Modefotos 1900-30er Jahre, Damenmode 40er Jahre, Damenmode 50er Jahre: Bertelsmann Lexikon Verlag, Gütersloh; Modefotos Herrenmode 40er Jahre, Herrenmode 50er Jahre, 60er-90er Jahre: Prof. Dr. Ingrid Loschek, Boxford.
Alle übrigen Abbildungen: Bettmann Archive/UPI/Reuters/John Springer Coll., New York.

Trotz größter Sorgfalt konnten die Urheber des Bildmaterials nicht in allen Fällen ermittelt werden. Wir bitten gegebenenfalls um Mitteilung.

ISBN 3-577-30802-8

Bücher
aus dem
Chronik Verlag
sind immer
ein persönliches
Geschenk

Vom 1. Januar bis zum 31. Dezember

Individuelle Bücher – für jeden Tag des Jahres eines. Mit allen wichtigen Ereignissen, die sich genau an diesem besonderen Tag während der Jahre unseres Jahrhunderts zugetragen haben. Doch trotz all der großen Ereignisse des Weltgeschehens – es gibt immer auch persönlich wichtige Daten für jeden einzelnen Menschen, sei es ein Geburtstag, Hochzeitstag, Erinnerungstag oder der Tag, an dem eine entscheidende Prüfung bestanden wurde. So wird aus einem Tag im Spiegel des Jahrhunderts zugleich auch ein »persönlicher« Tag. Und endlich gibt es für all diese Anlässe das richtige Buch, das passende Geschenk!

Persönliches Horoskop

Was sagen die Sterne zu den jeweiligen Tagen? Außerdem erfahren Sie, welche bekannten Menschen unter dem gleichen Sternzeichen geboren wurden.

Chronik
1995
Tag für Tag in Wort und Bild
Chronik
Verlag